折原臨也與一同喝采

成田良悟
Ryohgo Narita
插畫／ヤスダスズヒト
Illustration：Suzuhito Yasuda

Kadokawa Fantastic Novels

喝采【かっさい】

發出聲音給予讚揚的行為，或此類的聲音。

「博得——」「拍手——」

節錄自電子版大辭泉（SHOGAKUKAN Inc.1995 1998 2012）

與折原臨也一同喝采

——摘錄自某支智慧型手機的歷史文章。

【折原臨也？

想跟他見面？

我的確是對他這個人很熟悉啦，但沒熟到連他在哪裡都知道。

雖然到前陣子為止都還不知道他的死活，不過似乎還挺活蹦亂跳的。

輪椅？

是啦，最後一次見到他時，他確實是身受重傷沒錯……

為什麼會想跟他見面？

（中略）

臨也把案子解決了？

而且是發生在日本各地的數件案子？

雖然不太清楚是什麼情況，但這些案子的幕後黑手，該不會就是臨也吧？

畢竟折原臨也這個男人並不是什麼名偵探。

倒不如說，他是完全相反的類型。

這並不是指稱他就是犯人。

雖然當某起案件發生時，只要條件齊全，那傢伙的確具有解決事件的能力。

不管是殺人案還是竊盜案，只要情報聚集到他手上就行。

實際上，據說過去就有好幾起刑事案件，是他出手協助逮捕犯人的。

聽說他在學生時代常被抓去接受輔導……說不定就是在當時建立起某種人脈吧。實際上每當城市裡發生什麼大案子，大多數情況下他都能追蹤到犯人，在某些情況下還會直接與犯人接觸。

對啦，他那找出犯人並探尋案件真相的能力，我覺得真的很了不起。

只不過呢，他跟硬派推理小說或古典派推理小說中登場的名偵探實在相差甚遠。

雖然我剛才說那是種了不起的能力，但與其說是智慧，倒更像是轉變形式的暴力。

首先，他不會做推理。也不會運用理論來整理發生的事情。

更進一步來說，他也沒有倫理觀念。

如果是為了自己的興趣，臨也就會輕易地做出犯罪行為。視情況也很有可能會幫助殺人犯逃亡。

嗯，從這種層面上來說，要說他是犯人或許也沒錯。

那傢伙對於發生在自己眼前的事情，大致上都會毫不猶豫地接受。

就算是自己的家人在眼前被槍殺，臨也也會露出笑容對那個殺人犯說出這種話——

「你現在感覺如何啊？」

而且口氣還會講得活像是熟識已久的好友。

對了，剛才這是比喻。那傢伙的家人實際上都還活得好端端的，雖然以後會怎麼樣就無法保證了。

總而言之，他就是這麼邪魔歪道。

所以折原臨也不會做出倫理上值得受到讚揚的行動，也不會做理論型的推理。

他只會淡淡地接納眼前發生的事，再露出彷彿像是在說「一切都如自己所料」的那種表情。

這種反應在讓對方感到煩躁的同時，也會感受到恐懼吧。

所以說，他才不是什麼解決事件的名偵探。

而是把犯人或被害者逼進絕路的小丑。

他會在祝福對方同時，將對方逼入死路。沒有任何怨恨或憤怒，只是個為了自我娛樂不斷逼迫……就這樣逼到對方墜下懸崖後，再笑著觀看這一幕的顧人怨小丑。

為什麼要說他是小丑？

想像一下，夜晚時有個小丑默默站在自己房間門口的情況。

會造成心靈創傷吧？他就是會用這種方式逼死對方的傢伙啊。

若是有膽量的傢伙，大概會毫不畏懼地對那個小丑開扁吧……但是就連這種痛楚，折原臨也這傢伙也會概括承受。

然後，再露出自己已經完全看透的表情。

那是通曉一切的表情。

所以最好記住這件事。

如果你打算在那傢伙身邊引發什麼事件，那就更需要記住。

那傢伙也許會將你的一切全數揭發。然而，並非因為那傢伙是名偵探。

而是因為，折原臨也是個惡棍。

他只會不擇手段，粗暴地將你的內心暴露出來。

說真的，我很不推薦這麼做喔？不過，引發事件這件事本身原本就不值得讚揚。

折原臨也不是名偵探。

那傢伙始終都是個激進派小丑，是個會把跟他扯上關係的人都拉進泥沼裡的瘟神。

我跟同居人以前都被他搞得很慘。

同居人還是他國高中的同學兼朋友，但那傢伙不會在意這種事的。

不管是好是壞，那傢伙對人類都不會有差別待遇。

只有這點，你最好牢牢記住。】

序章 選秀會

與折原臨也一同喝采

十月上旬，溫暖的濕氣中還留有些微的夏季餘韻。

職棒球季也來到尾聲，各個球場每場比賽都充滿人們的熱情。

很諷刺地，這股激情掩蓋了發生在某座球場的案件開端。

或者說，是掩蓋了地下倉庫裡，那具倒在血泊中的屍體微溫。

位於某縣外圍的棒球場「Summer Tile」——正式名稱為「夏瓦球場」，是個完成不過才五年的新建球場。

具有自動開關式屋頂，是個包括站立席在內可容納四萬人的大型球場。

它是由職棒球隊「夏瓦Serpents（毒蛇隊）」球團公司直營的球場，是座光以一面最新型的大型商用電視牆，即可想像單憑其廣告收入就會有相當大筆金額在流動的商業娛樂設施。

這一天，這裡正在進行雙重賽。第一場比賽最後兩打席連續擊出全壘打的毒蛇隊主砲楝象寒四郎，在第二場比賽中會如何活躍也受到矚目。

除了楝象要爭奪全壘打王的寶座外，這場比賽也跟球隊本身是否能爭奪聯盟冠軍有關。所以球場裡擠滿超過三萬名的觀眾，醞釀出異常的熱情。

正當第二場的夜間比賽馬上就要開始時，出事了。

體育場的警備負責人不藤道秋，正呆站在位於地下的倉庫裡。

「這是怎麼回事……」

一開始他還以為是誤闖進來的醉漢在睡覺，但把手電筒燈光照過去的瞬間，立刻有灘鮮紅血跡反射光源。那股幾乎同時闖進鼻腔，有如鐵鏽般的臭味逼他面對事實。

「……」

是屍體。

根本不需要去測脈搏，也能理解到生命之火早已熄滅。

小刀深刺在背部中心。

這具伏地的屍體，身上的西裝已經破爛斑駁。擴散到全身的血跡，讓人想像到他的背部遭到不斷戳刺的情況。

首先出現在不藤腦海中的想法，當然是報警還有叫救護車。

但也許是棒球選手們已經現身球場——遠方響起的歡呼聲，制止了他的思考。

「首先……要聯絡上頭……」

才剛年過四十的男性警備負責人，選擇在通報公家機關前，優先聯絡自己的上司。

他察覺到如果要靠自己一個人的判斷來承擔這個狀況，包括自己出現在這裡的原委在內，實在太過沉重了。

現在，位於此地數公尺上方的球場上，職棒的夜間賽事才正要開始——由於是事關奪冠的重要一戰，可說是連站立席都被超過三萬名觀眾塞得水洩不通的狀態。

不是靠實際成績，而是以對球團經營者拍馬屁與走後門方式，坐上警備負責人寶座的這名男子，可沒有那種膽量用自己的一道通報，來壓過超越三萬名群眾的行動。

不藤用無線電跟上司報告後，首先接到「確認對方是不是真的死了」這道命令。

雖然不想觸碰屍體，但是萬一對方真的還活著時，自己也不想被當成是見死不救的男人，於是只能靠近「那個」並且全身發抖。

跟這些理由相比，絕大部分是不希望讓身為自己上司的男子感到不滿。

鞋子踏進血泊中的「啪嚓」感觸讓他想吐。

不藤拚死把湧上來的胃液吞回喉嚨深處，然後用手觸碰「那個」的後頸。

感覺不到任何體溫，只能感受到跟氣溫相同的微溫，還有如同橡膠硬化的彈力。

果然沒有脈搏，這時候他終於獲得「那個」已經是屍體的鐵證。

對於眼中含淚將湧上的胃液吞回去的不藤而言，已經無法思考這種事情到底有什麼意義存在。

把血泊中的屍體確實是屍體這個結果報告上層之後，他接獲指示要在現場待命，必須跟屍體共處的狀況，讓他全身僵硬。

不藤把視線從屍體上移開，然後打算把之後的事情交給上司判斷時，他突然察覺到。

——慢著。

——難道，我也成為嫌犯之一了？

——糟糕……鞋子有踩到血……

——是不是要把足跡擦乾淨，然後將鞋子處理掉比較好……？不對，隨便做出這種舉動，才真的會讓警察把我當成犯人——

才在想說這可不是開玩笑的，自己可不是犯人的時候，他又察覺到一件事。

——犯……人？

這具屍體是被某人殺害的他殺屍體，即使是外行人也一目瞭然。

也就是說，殺人犯說不定還在這個房間裡頭。

之所以沒想到這種理所當然的可能性，是因為被發現屍體時的衝擊所籠罩吧。

但是，他現在已經想到這一點。

也不管倉庫裡的電燈都已經點亮，不藤還是拿著手電筒左右照來照去。毫無意義的光芒在房間裡四處反射。

可是不管怎麼環視倉庫內部，都感覺不到人的氣息。

雖然凶器還插在屍體背上，但也無法排除犯人持有預備武器的可能性。

在慎重地查看房間內部時，不藤發現屍體旁邊的架子上，好像貼著某種東西。

被磁鐵吸在不鏽鋼架子上的那張紙，上頭寫滿了像是用電腦列印出來的冗長文章。

「……？」

在想著不知上頭寫些什麼，斜眼瞄著屍體並戰戰兢兢靠近的瞬間，倉庫的門猛然開啟。

「哇啊啊！」

不藤全身僵硬地回頭一看，那邊站著好幾個他所熟識的面孔。

沒理會發出慘叫的不藤，站在中央的那個年約二十多歲到三十出頭的男子，走向倒在房間中心的屍體。

然後，他看著倒臥的屍體側臉，低聲說出一個專有名詞。

「是雨木啊……」

男子確認屍體就是自己熟識的部下後，微微皺眉。

不過，僅此而已。

男子沒展現其他任何情緒，只是平淡地觀察屍體的狀況。

那對眸子像是鑲在機械人上頭的玻璃球，比失去生命的屍體更無從感受人性。

看著這名男子，不藤低聲發出混雜了安心與敬畏的聲音：

「瀧……瀧岡……總經理……」

瀧岡劉生。

他在球團經營公司裡頭擔任可說是最頂端的職位，是負責這座夏瓦球場整體營運的管理者。

才不過不知是否已有三十之齡，就在日本屈指可數的複合企業體夏瓦集團裡嶄露頭角。他的容貌充滿能支配一切的威嚴。

實際上他在這個球團公司裡頭，還擁有各式各樣的頭銜，但周圍大多懷抱著敬畏之情，用「總經理」來稱呼這名男性。

此時，一名女性從這位瀧岡背後探頭出來。她的眼神閃爍著喜悅的光芒，好像覺得很稀奇地開始盯著屍體看。

「哎呀，真的是雨木先生耶。他死了嗎？是死掉了吧？」

「珠江，妳退下。」

不藤看到這名女性出現在此地，終於產生這起殺人案將會演變為大事的預感。

瀧岡珠江是劉生的妹妹，也擔任他的祕書。

但不藤也知道，她是負責收集從球團公司內部到球隊選手，各種個人情報的情報整合部門中心人物。

就某種層面來說，是位比總經理劉生更「不能與之敵對的女人」。她親自來到陳屍現場這件事，讓不藤感受到的危機感遠比不協調感要強烈。

看來這並不是一起單純的殺人案。

而實際上，關於這並非一起單純殺人案的可能性，不藤已經猜到了好幾個。

「不藤，你來這裡是要去拿『那個』嗎？」

總經理語氣平淡的言詞，讓不藤回過神來用力點頭。

「是……是的。」

「這樣啊，那麼最重要的『那個』平安無事吧？」

「啊……」

聽到這句話，不藤慌忙往倉庫裡頭跑去。

瀧岡命令背後的幾名部下待命後，開始緩緩瞪視倉庫內部。

「哥哥，事情變得有趣起來了耶。沒想到哥哥的『劇院』裡頭，竟然會發生殺人案。」

聽到妹妹的嗤笑聲，瀧岡微微聳肩回答道：

「要不要當成案件處理，由我來決定。視情況發展，妳也要開始行動。」

他如此說著，並注意到貼在架子上的紙張。於是他避開屍體的血泊，靠近伸手過去。

然後他看見寫在上頭的文字後，輕輕哼了一聲。

「原來如此，有意思。」

「有意思？」

背後其中一名部下皺起眉頭，瀧岡露出像是孩童把蟲子踩死後的笑容，將紙張上寫的內容簡單歸納起來。

「看來我們是遭到威脅了。」

「威脅……？」

「如果不接受要求，往後球場的比賽中就會有人被殺。雖然沒有明確講出是什麼時候的比賽，可是犯人如果察覺到我們已經發現屍體，也有可能在這場比賽中就會死

人。」

「什麼……」

關於要求的內容，瀧岡刻意不說出口。

看到瀧岡這樣的態度，部下們一起沉默地閉上嘴。

不過，只有珠江笑嘻嘻地詢問哥哥：

「這是職業殺手幹的嗎？或者只是某個剛好得知『那個』的外行人下的手？」

此時她微微瞇起眼睛，帶著妖豔的笑容繼續說道：

「還是說……是我們之中有叛徒？」

「是哪個都無所謂。從如此周全地在犯罪現場進行預告這點看來，對方大概也有一半是打算當成遊戲吧。」

「預告？」

「兩隊的球員休息區、牛棚、ＶＩＰ席、輪椅專用區和嬰兒車專用區。本壘後方的特別看台區、媒體用的攝影席，還有我的總經理辦公室……哈哈，看來對方會隨機從中挑選地點。屍體不管在哪邊被發現都會很顯眼也無法隱蔽啊，除了我的房間以外。」

劉生自嘲地聳聳肩後，轉而面向妹妹。

「犯人可能就在這些預告地點的某處，能把那些地方的影像調出來嗎？」

「可以啊，等一下喔。」

珠江說完後，開始操作拿在手上的平板電腦。

她從獨立架設於球場內的伺服器，接收經過特殊加密處理過的資料，把監視器的影像顯示在平板上頭。

「……妳又增加監視器的數量了？」

「這樣還不夠喔。對了，都有架設成讓一般觀眾無法發現，所以別在意。」

這些監視器畫面的數量，多到讓人懷疑是不是把球場所有座位跟通道都網羅了。

其中，剛剛才講到的ＶＩＰ席還有特別看台區，甚至連正在比賽中的兩隊選手休息區都有影像傳回來。

這時，不藤回來了。

「總經理，沒問題。不管是被撬開的痕跡，甚至連金庫本身都沒有被發現的跡象。看了一下裡頭應該是平安無事……」

「這樣啊。那麼雨木的死因，就是不知道『那個』的保管地點還有金庫的開啟方式，所以才會在遭到拷問後被殺……是這麼回事吧。」

劉生像是明白般點點頭，然後再次向珠江詢問：

「啊，珠江，抱歉妳正在忙還打擾妳，但這房間有沒有安裝竊聽器或是針孔攝影機

之類的東西？」

「我來這邊時已經確認過，我們安裝的監視器，都被轉換成一般的靜止畫面。從球場三號後門通往這個倉庫的路線全部遭到破壞……果然是職業級人士下的手吧？」

「啊，不是的。我不是在問我們設置的監視器，我的意思是，有沒有犯人所設置的監視器。」

「等一下。」

珠江說完後指示背後的部下們，要他們用專用器材調查這個房間。

珠江自己也跟著進行作業，經過幾分鐘後回答說：

「……嗯，看來沒有。至少無法確認有從這裡向外部傳送的電波類型。」

「是嗎，那就好。」

劉生露出滿面笑容，接著直接緩緩步向雨木的屍體——

部下已經化為無法開口的死屍，劉生用鞋尖狠狠地踢向他的臉。

「咿……」

不藤不禁住發出慘叫，但在差點喊出聲前就吞回喉嚨裡。

珠江笑嘻嘻地看著哥哥的凶狠行為，其他部下雖然也用各種表情看著總經理不停踢著屍體，但沒有任何人打算出聲制止他。

「雨木……你到底在搞什麼鬼……！這個沒用的廢物！」

發出怒吼的劉生，更用力地踢著屍體：

「屬於我的！這個劇院！這個舞台！你竟敢用你的髒血！來玷污它！」

每逢斷句，他就用力踢下去。由於屍體根本不可能抵抗，於是面孔也越來越扭曲。

接著劉生用沾滿血跡的鞋子踩住頭，像是要踩熄香菸般不停踩踏側頭部，同時發出充滿怨恨的聲音：

「喂，至少也要跟犯人同歸於盡吧？挖下對方一塊肉，留個線索下來啊！不然好歹逃到監視器沒破壞到的地點再被殺吧！」

幾分鐘後。

臉部面目全非，手腳也往歪曲方向折斷的屍體躺在房間中央。

背上的小刀早已掉落，從旁邊看來這已經不是被刺殺的屍體，而是被毆打致死的屍體。或者該說這已經演變成會讓人誤以為是被車子來回輾過好幾次的慘狀。

劉生用掉在地板上的手帕把沾在鞋底的血跡擦掉，同時用平淡的語氣向珠江詢問：

「如何？有熟面孔嗎？」

「ＶＩＰ席有今晚的『貴客』冰浦先生蒞臨。還有就是……包廂那邊有幾名私下跑來觀戰的藝人。比較顯眼的人就只有這些了。」

「比賽情況如何？」

「現在才剛開始。第一棒打者擊出安打，所以只要沒被雙殺，馬上就是棟象選手的打席。」

劉生以一臉沉著的表情，跟妹妹討論棒球比賽的經過。

看到他這模樣，不藤內心對於「這裡有屍體」的恐懼感已經消失無蹤。

另一方面，劉生低頭看著雨木面目全非的屍體，露出跟幾秒前完全不同態度的憐憫眼神。

「話說回來還真過分啊……雨木到底做了什麼壞事？這麼悽慘的模樣，實在沒辦法給家屬看到。」

於是，也許是察覺到這句話背後的意圖，在入口附近待命的幾名男子走了進來。他們一身清潔人員打扮，身穿橡膠手套、長靴跟防水服，將地板與屍體團團圍住。

「要鄭重對待遺體。雖說對方是名死者，但也不能忘記敬意。在忘記敬意的瞬間，人類就會化為禽獸。這是絕不能容許的事。」

「我明白了，哥哥。接下來就交給我吧。」

聽到妹妹笑著附和後，劉生聳聳肩繼續說：

「雖然是個令人哀傷的結果，但至少也要幫雨木默哀祈福。棟象選手今天的全壘打，想必也是在為雨木弔唁吧。他是名很棒的部下，至今都很盡心盡力地在為我們工作。」

「呃……是……」

即使內心正不斷顫抖，不藤還是拚命忍著不形於色並點頭。

看著他這副模樣，劉生露出爽朗的笑容接著說：

「我們不能原諒讓雨木變成這種模樣的犯人，無論如何都要由我們親手抓到才行。這也是為了雨木……沒錯！這也是為了雨木！不藤，你也是這麼想吧？」

「是、是的……」

察覺到對方話中的含意後，不藤終於實際體會到自己也已經踏上這條不歸路。

在背後被默默處理掉的屍體，顯示出這樁案件並不打算報警處理。而不藤也屬於能理解「為何不報警」的人。

「如果凶手打算在這場比賽裡繼續作案，嫌犯就是現在球場裡頭的三萬五千人其中之一。不對，觀眾還在持續入場，最後也有可能超過四萬人。其中的某個人，就是會毫

不猶豫地殺人的殺人凶手吧。」

「……」

「同時，這代表可能成為被害者的人也超過三萬名。要分開守衛每個人是不可能的。這簡直就像是選秀會，要預測對方打算選誰，我方也得決定要守護的對象。」

聽到這超乎想像的數字，不藤的臉色變得比發現屍體時更蒼白。劉生把手搭在他的肩上，面帶笑容將手指扣緊。

「沒問題。不管是三萬還是四萬人，只要在這座球場裡頭，任何人都只是點綴我的舞台的演員。他們無法違逆導演，也不容他們違逆。」

說完輕視演員與觀眾的傲慢發言後，以導演自居的男子敞開雙手，露出充滿殺意的笑容。

「沒錯！這一切都是一場戲！不用想得太困難，這球場就是個與世間隔絕的夢幻空間！本身就是一場夢境！必須是這樣才行！你說是吧？」

「……是、是的，您說得沒錯！」

「不藤道秋，你是屬於哪邊？是不懂得自己的存在意義，只能在舞台上手舞足蹈的吊線傀儡？還是在我執導之下，屬於『我們這邊』站在天花板上操控絲線的人？」

「那當然，我是按照您的想法行動……是、是操控絲線的人！」

雖然對方講的話有大半聽不懂，但不藤還是在對方的氣魄震懾下如此大喊。

也許是聽見他這麼說而感到放心，劉生用力點點頭並且拍響不藤的背。

「太棒了，你是最優秀的部下。不是只會按照劇本行動的演員，而是能從高處俯瞰舞台的人物。」

「非……非常感謝您！」

「第三調查部的成員，就交給你指揮。」

「……」

第三調查部。

聽見這個名詞的瞬間，不藤臉上瞬間血色盡失。

因為他知道這個部門。這是檯面上並不存在的單位，屬於這個球場最底層的黑暗面，負責接下所有骯髒差事。

他們平常潛伏在各部門、球場清潔人員或觀眾席的啤酒販售員之中。有事情發生時就依照劉生的指示行動，是有如殺手般的人物。

從接獲指示要跟這些人一起行動的事實中，不藤理解到劉生期望自己要做些什麼。

這是要不藤抓住犯人，然後在他的責任範圍下將對方處理掉的意思。

「就由我們來讓犯人明白，在這個『劇院』裡向我們挑釁，是件多麼愚蠢的事。」

就這樣，事件悄悄揭幕。

超過三萬名的觀眾，依舊沒察覺到這場慘劇的開端。

不管誰是犯人都不奇怪。

至少從躺在地板上的屍體傷口看來，一點都感覺不到運動家精神。原本應該身為被害者的總經理們，身邊也纏繞著漆黑的氣息。

從這個時候開始，夏瓦球場就已經化為激盪著腐臭欲望的淵藪。

但是，他們並不知道。

不管是以劇院主人自居的經理，還是引發事件的殺人犯。

這個成為慘劇舞台，名為「劇院」的夏瓦體育場裡頭，有個並非舞台演員也不是導演，在某種層面上純粹只是一名觀眾的「異物」混進來了。

「我看看……輪椅專用區裡頭還蠻多人的呢……哎呀？」

「怎麼了？」

「不，沒什麼。只不過好像有個很有錢的人跑來。」

「很有錢的人？」

劉生聽完珠江的話後皺起眉頭，並往螢幕上看去。這時一名男子映入眼簾。

那名男性即使隔著螢幕，依舊充滿神祕的存在感。

充滿光澤的黑髮配上黑色系服裝，端正容貌上的雙眼讓人感受到理智的光芒，不過卻讓人無法掌握他到底在想些什麼。

——這個男人在看著什麼？

再怎麼說，劉生也算是球團公司的經營者。

他立刻明白那名年輕男子並不是在觀看比賽。

只不過，隔著螢幕實在無法猜測對方是看著什麼。

如果要列舉特徵，他雖然按照那個專用區的規則坐在輪椅上頭，但身邊卻站著一名有如執事般的老人。跟看棒球相比，那種氣氛更像是隨時在注意周遭。

——這名老爺爺……是某方面的專家？

劉生雖然感受到這股非比尋常的氣氛，但一旁的珠江卻注目於完全不同的部分。

「那名男子坐的輪椅，是使用最新式奈米碳纖維材質的電動輪椅喔。因為是國外廠商的最高級品，我想價格應該至少超過三百萬。站在旁邊的與其說是家人更像是執事，

說不定是哪邊的大少爺呢。」

「喔……如果是企業家，那下次就請他務必到室內的ＶＩＰ席觀戰。」

劉生雖然有點在意這名男子，但在沒有明確證據的情況下也沒必要那麼在意，於是將視線從映在平板畫面上的男子移開。

平板上的畫面立刻切換到下一個監視器的影像，坐輪椅的男子就被當成四萬分之一的情報暫時丟在一旁。

他們並沒有發現，「他」身處這座球場這件事，對於事件相關人士來說是最糟糕的偶然。

一章

全壘打

「聶可，妳都不用平板電腦的嗎？」

坐在輪椅上的黑衣男子——折原臨也對坐在稍遠處的少女出聲。

這名硬是要用體育課坐姿，坐在為輪椅使用者家屬所準備的折疊椅上，然後靈巧使用擺在膝蓋上的筆記型電腦的少女——聶可完全不轉頭朝向臨也那邊，用幾乎要被周圍歡呼給掩蓋的微妙音量回答說：

「那樣會沾上指紋，所以我不是很喜歡直接用手指去滑畫面～如果是手機的話那還無所謂～」

她在哥德蘿莉風的化妝上頭又戴了副眼鏡，耳朵掛著逆十字的鎖鏈耳環。身上穿著以紅黑為底色又充滿裝飾的服裝，使用的筆記型電腦上也貼滿許多骷髏或殭屍，總之就是這類令人不安的貼紙。

「哎呀，沒想到妳這麼老派啊，聶可。不過雖然這麼講，筆記型電腦跟平板對於坐先生而言，大概都像是外星人的道具吧。」

於是像是執事的老人——坐傳助把雙手擺在背後並聳聳肩膀。

「這真是太小看人了，鄙人我以前可是很擅長使用微電腦（註：Microcomputer，即個人電腦的古老稱呼法）喔。」

「竟然還稱為微電腦……」

在臨也訝然地搖頭時，球場內也響起巨大的歡呼聲。

人們歡喜的呼喊讓臨也的肌膚隨之顫抖，但他不知為何露出平穩的表情，依然置身於這股轟響之中。

以結果來說，他是在數秒之後才知道產生這股歡呼聲的理由。

「嘿，還挺厲害的嘛。」

當周圍群眾都站起來驚喜歡呼時，坐在輪椅上的這名青年，用沉穩的表情看著催生這道歡呼聲的男子。

稍微順著他的視線看去，那是現在剛打出全壘打的棟象寒四郎。

由於還是接續上一場比賽的連續三打席全壘打，達成壯舉的男性露出謙虛的表情，輕輕舉起手來回應觀眾們的聲援，並繞行四個壘包跑完一圈。

「哎呀，來觀戰真是太棒了。這麼多人一起讓他人沐浴在喝采中的模樣，可是相當難得一見的景象。」

「正是。」

「如果要說些個人一點的任性話，真希望把打者轟出全壘打後滿臉得意的表情，跟投手挨轟之後垂頭喪氣的表情，一起擺在大型電視牆上比較呢。」

「這興趣真是惡劣，選手的悲嘆可不是娛樂喔。」

坐先生毒辣地否決雇主所講的話，臨也則坐在輪椅上聳肩。

「這是娛樂啊。你想想看嘛，如果勝敗雙方都是面無表情又情緒平淡，這種運動真的能讓觀眾狂熱支持到這種地步嗎？感動這個字，就是讓感情動搖的意思。想體會選手們激烈的感情變化，是那麼不自然的事情嗎？」

「鄙人我是不否定選手的感情會有些調味效果。但是把這些情感當成主餐的食材吃掉，鄙人還是覺得您的興趣太惡劣了喔？再說，您對棒球這項運動本身應該完全沒有興趣吧？」

「真失禮耶，竟然對我這個以前是健全棒球少年的人講這種話。」

「您知道右撇子要站在左右兩邊的哪個打擊區裡嗎？」

「咦？」

嬉鬧的笑容瞬間從臨也的臉上消失，他用雙手像是握住透明球棒般開始思考著。

「哎呀，臨也閣下您不是左撇子嗎？難道您不太清楚球棒的握法……？」

「……沒這回事，我聽不懂你在說些什麼耶。」

「順帶一提，左撇子或右撇子並不是決定打擊區左打或右打的絕對因素。因為也有很多選手不管自己的慣用手是哪邊，而用離一壘比較近這種理由來決定打擊位置。」

「……這我當然知道。只因為距離一壘比較近就把自己矯正成右打者，我非常喜歡這種對勝利的執著喔。」

臨也立刻掛回笑容，彷彿完全看穿一切般信心十足地回答。

坐對他說聲「那真是失禮了。」並施了一禮後，就接著說道：

「更進一步說明，右打者與左打者是從投手看過去的左右邊，距離一壘比較近的是左打者喔？」

「……」

臨也的笑容就此僵住，坐緩緩地搖頭之後嘆了口氣。

「真是的。臨也閣下雖然宣稱自己是『情報商人』，但有時候遇到某些話題時又會非常無知呢。」

「這也沒辦法呀。我不是需要萬能知識的猜謎王，只是個情報商人。知識會偏往人們向我尋求的方向是很普通的事嘛。」

「這聽起來真不像是剛剛才一臉得意地講『這我當然知道』這種謊話的人所會講的話。」

面對坐這毫不留情的指責，臨也像是要蒙混般移開眼神並向聶可問道：

「如何啊？聶可覺得好玩嗎？遙人跟緋鞠感覺好像玩得頗愉快唷。」

稍微遠一點的自由席裡，有名大概還是小學生的男孩子正因為棟象的全壘打而興奮到整個人跳起來。

站在旁邊的同齡少女表情雖然冷漠，但還是緩緩拍手讚揚毒蛇隊的主砲棟象。

「雖然我對棒球沒興趣，但球場裡會有各種電波到處穿梭所以我很喜歡喔——尤其這個球場好厲害唷，簡直就像是電波構成的要塞耶——」

聶可在筆電上啟動某種古怪的程式，同時還在椅子底下擺放像是小型無線電的道具並且敲打鍵盤。

「真受不了妳，稍微看一下比賽嘛。難得都跑來球場了。」

「我才不想被只看著人類的臉，然後一樣沒在看比賽的『社長』講這種話……」

折原臨也會來觀看這場比賽，完全只是偶然。

由於認識的人跟他說「可以弄到附近球場的門票」來代替情報費用，所以他想說偶爾也來混進人潮裡頭，充分享受假日。

不過從他跟坐還有聶可的對話就知道，這名自稱是「情報商人」的男子其實對比賽本身完全沒興趣。

他在體育館的輪椅席上所享受的，是超過三萬人的眾多觀眾。

也就是人類。

他以像是對都市生活感到疲累，於是跑來人煙稀少的山間享受森林浴的感覺，造訪了這座擠滿了人的棒球場。

從幫忙跑腿的小學生們開始，他雖然也詢問了前往關東進行某項工作的成員們，但是除了遙人與緋鞠以外，就只有負責情報處理的聶可跟擔任護衛的坐一起來。

「富士浦先生也一起來就好了。」

「他才剛出獄啦，說自己會走進人潮裡會頭暈。」

折原臨也是情報商人。

但並不是普通人印象中的那種幫黑道跑腿，好賺取一些零用錢的情報販子。

他是代替他人收集並提供對方想要的情報，負責收集情報的代理人。

但是，臨也經常採用跟所謂的偵探完全不同的手法來取得情報。

依照情況不同，也會找聶可用非合法的手段在網路上搜尋情報，視情況還會用更直接的犯罪手段來取得情報。

為了順利進行這些事，折原臨也會雇用人員。

這都是為了在寬廣的世界上拓寬視野，掌握更加強有力的情報，發掘出更深層的真實。

正因為如此，前罪犯跟現役罪犯都經常聚集在他身邊。不過也許是因為沒啥人望，所以像這類觀看棒球賽或是要辦火鍋聚會時，就完全無法湊齊人數。

反過來說，這次還有四個人同行，可說是非常稀奇的好數字。

「早知道就該叫莉莎來的。看到這種人潮後，她一定會很想放把火全部燒掉吧。雖然覺得這太危險好像有點糟糕，不過心情上也想要聽人們四處竄逃的慘叫聲，也想聽聽從絕境生還的人們喜悅的聲音。」

「如果要做出那種行為，就讓鄙人直接在這裡弄給您聽吧。聽聽您的頸骨折斷的聲音。」

「聽來不像是會讓人感到舒服的聲音啊。」

正當他們如此對話時，聶可發出開心的歡呼：

「讚啦讚啦——連上了耶！嘻嘻！」

「？」

於是聶可把筆電稍微給臨也偷瞄一下後開口說：

「不要看太久喔，會被發現的。」

「看什麼？」

「沒有啦——只是覺得這球場有些詭異的無線電波在流竄嘛——調查一下之後嚇了我一跳。除了普通的監視器之外，還有一大堆無線監視器在運作喔——？然後也有發現負責這個位置的監視器。不過沿著視線看過去會被發現，所以我就不講位置了——」

聽到聶可很乾脆地講出如此不得了的事情，臨也像是得知有趣的事情般鬆緩嘴角：

「聶可，記得妳應該有辦法破解無線監視器的加密認證吧？」

「認真起來應該是可以，不過要靠現有的筆電可能有點不夠力。不過如果能找到跟這球場獨立網路連結的平板電腦，就能稍微動點手腳讓加密本身變得毫無意義。嘻嘻！」

聶可美麗端整的臉上，露出略帶扭曲的笑容說出這句話，站在後頭的坐聽完後，面無表情地點點頭。

「原來如此原來如此，真不愧是聶可小姐。」

「坐先生，不用勉強裝懂沒關係啦。這時候要像個老年人，講些『你們是在講那一國話啊？』之類感到困惑的話才比較可愛喔？」

想起剛才的對話，臨也雖然像是要捉弄他般說著——

「不過，聶可小姐。真虧妳能夠突破無線的安全防護機制。球場的監視器……而且恐怕還是跟隱藏的攝影機連接的類型。應該不會一直使用ＷＰＳ這種初步的加密吧？視情況而論，由於這是跟外界隔絕的網路，那是不是有可能使用獨立的加密系統？」

「這個嘛，我到處駭進日本的監視器，可不是為了裝模作樣喔——？只要有充分準備跟時間，不管首相官邸或是美軍基地監視器，我都能駭進去偷看喔——？」

「……」

坐開始流暢地跟聶可對話討論，這讓臨也暫時陷入混亂。

「呃……坐先生？」

「怎麼了？」

「你不是對電腦方面不擅長嗎？」

「鄙人剛才應該說過自己很擅長使用微電腦吧？不過，也的確漸漸跟不上最近幾年的資訊速度。但也因為如此，到了這把年紀還能學到東西也真幸運。」

聶可沒有看向充滿感慨並且點著頭的坐，而是笑嘻嘻地跟臨也說：

「磯坂跟我只要有空就會開教學講座，坐先生學得真的非常快喔——？照這樣下去，臨也先生的網路知識可能馬上就會被追過去了。」

「我啊，只要具有能觀察人類的最低限度技術與知識就好啦。」

「這聽起來只是不肯服輸而已喔——？」

坐打斷聶可的嘻笑聲，用手指整理自己的鬍鬚開口說道：

「不過倫理層面的事情先放一邊，聶可小姐的技術真是令人感到畏懼。可是鄙人還是必須提醒，當妳窺探深淵時，深淵也會看著妳。請妳務必小心，不要讓我們的位置被查出來。」

「嗯，雖然我借用了球場內外許多人的終端裝置來當成中繼……」

很乾脆地講出這種事情後，聶可向坐露出天真無邪的笑容。

「坐先生，萬一出狀況時要是你能幫助我逃跑，我會很開心的。嘻嘻！」

♀♂

同一時刻　劉生的辦公室

「……」

體育館的其中一區。這裡是設立在ＶＩＰ用的專用套房旁邊，可說是劉生私人房間的辦公室。

正在裡頭檢視監視攝影機的珠江，突然面露複雜的表情停下動作。

「珠江，怎麼了？有什麼奇怪的狀況？」

珠江稍微思考一下後，皺著眉頭回答哥哥的問題說：

「……剛才，有人跑進來了。」

「什麼？」

「對方跑進我的平板電腦……或者該說，是跑進跟它連線的球團內部網路裡頭。監視器的影像說不定被偷看了，我立刻把對方趕出去。」

「等等。」

劉生的這句話，讓珠江停下手指。

「這是替換掉地下倉庫的影像檔……也就是犯人幹的？」

「我想這倒不一定……等一下。這個人不但動用匿名化軟體還經由數量異常的基地台連接，所以無法追蹤位置。不過由於確實有經過這球場內的基地台，因此我想躲在球場內某處的可能性很高。」

「這樣啊，那麼對方或許真的打算在這場比賽中挑起事端。不要把對方趕出去，故意裝成我們沒有察覺他侵入。」

「哎呀，我被誤解成是個容易被趁虛而入的膚淺女人也無所謂？」

「監視器早就被動過手腳了吧。」

「……這麼說也是啦。」

微微嘆口氣後，她向劉生詢問：

「不過，照這樣下去我想地下的狀況也會被發現喔？」

「無所謂，反正對方也不打算通報警方吧。只要『那個』的金庫密碼沒洩漏出去就沒問題。」

♀♂

球場內

「所以，有什麼有趣的影像嗎？」

對於臨也的問題，聶可嘻嘻笑著並繼續操作筆電。

本來以為做這種動作會立刻被查出所在位置。但是臨也往周圍環視一下，比想像中還要多的人正在看著筆電、平板或手機。

看來他們在享受棒球同時，似乎還很在意網路上對目前戰況的反應，又或者正在社群網站上發表觀賞球賽的感想。

——哈哈，直接前來看球賽這件事，還是跟網路的連結有直接關聯呢。

——就是因為這樣，人類才如此有趣。

正想著這些事情時，聶可敲打鍵盤的手指突然停下來，臉上的笑容也消失了。

「奇怪……」

「？怎麼了？」

「不是……因為好像有被替換成靜止畫面的地方，我就試著把它解除之後看了一下……」

聶可的畫面上似乎是某個像倉庫的地點，裡頭能看見有好幾名男性在打掃某些東西的模樣。

看了他們的工作內容，臨也略做思考後——露出了他今天最燦爛的笑容。

那是臨也過去看過好幾次的情景。

用特殊紙張把擴散在地面的紅色液體吸附起來，同時在周圍噴灑某種藥物。

這是臨也想起自己還在池袋時，有四名被粟楠會這個非法組織所雇用的老婆婆，也做過相同的『處理』流程。

這是為了消除鑑識時會產生的血跡反應，隱藏大量血痕的前置處理作業。

也就是說，這代表那邊出現過大量血跡。

而且還是一旦被警方調查，結果會很糟糕的血泊。

「臨也閣下？您怎麼了？」

「嗯？沒有，在想一些事情。」

「您露出彷彿是自己擊出全壘打般的滿面笑容喔？」

「哎呀，也許這的確是偶然擊出全壘打時的心情啊。」

臨也歡欣鼓舞地笑完後，壓抑住想拍手喝采的心情，對坐與聶可說出一項推測：

「看來這球場裡，有殺人犯與想掩蓋掉事件的權力存在。」

這一瞬間，折原臨也的確感到歡喜。

所謂的殺人是當人類的感情跨越某一界線，或者說是當人格本身分崩離析時顯現的龐大「能量」，所產生出來的結果。

雖然是很扭曲的想法，但至少折原臨也是這麼想的。

人類往某個方向衝刺的結果，就是當有人跨越界線時，會有人死去。

他完全沒有想過，自己竟然會在這個充滿人群的球場裡遇上這種事件。

臨也打從心底感激那位吝於支付情報費，而改把棒球賽門票拿給他的顧客。

然後，也在內心感謝自己能幸運地遇上事件。

——啊，這也多虧我平常總是做好事。

但是——

彷彿是要嘲笑內心有這種想法的臨也，他的命運在下一瞬間開始轉變。

人類凡事都是塞翁失馬。

有苦有樂。

因禍得福。

像在訴說偶然獲得的幸運是需要代價般，一個「偶然」向他襲擊而來。

一顆界外球瞄準笑容滿面的臨也飛來。

再這樣下去就會直接命中頭部，有部分追著棒球移動軌跡的觀眾發出慘叫。

可是，下一瞬間，這顆球被站在旁邊的坐伸手接住。

「嗯，空手接球實在是折騰這身老骨頭。當初開發出手套的人真了不起。」

周圍的觀眾發出對坐的讚賞聲，大型電視牆也把剛才這顆界外球的行蹤清楚拍了出來。

看到巨大螢幕反覆播放坐的美技，臨也聳聳肩之後開口：

「……嗯，雖然覺得這也是護衛理所當然要完成的分內工作，不過姑且還是道謝一下吧。謝啦，坐先生。」

對於老實出口道謝的臨也，聶可把自己也嚇了一跳的事情擺到一旁，用戲弄的語氣說：

「你剛才有注意到球飛過來——？該不會是嚇到尿褲子了？嘻嘻。」

「才沒那回事，又不是小孩子。只不過……」

「只不過？」

「我想起還在池袋時，突然有不鏽鋼製的垃圾桶飛過來的事。跟那時候相比，我還挺幸運的。」

只不過，臨也沒注意到。

並不是指他在池袋被人丟垃圾桶是自作自受。

也不是說界外球飛來就是自己所遇到的不幸——

倒不如說，那是從坐把球接住的瞬間所開始的連鎖偶然。

♀♂

關東某地　拉麵店

「……」

那是個體形碩大的男子。

身高應該輕鬆超過兩公尺吧。

看到這個染成藍色的頭髮底下綁著黑色繃帶，身材壯碩到好像快把西裝撐破的男子，包括拉麵店的老闆在內，所有人都有「這個人應該是職業摔角手吧」這種想法。

雖然對方明顯散發出不是普通老百姓的氣氛，但是某種層面上比起「自己身邊有個黑道或殺手」的想法，想成「身邊有個不知名的摔角手」心情上應該會比較輕鬆。

凶狠瞪視的目光，配上繃帶沒蓋住的部分出現的長長疤痕。

這種風貌要說他是恐怖片裡頭的怪物也會讓人信服，而這樣的男子很尋常地在拉麵店吃飯，雖然也是件滑稽的事——

但要說到存在更為奇特者，就是他身旁的女性。

那是名依各人觀感不同，與其說是女性說不定外觀上更適合稱之為「少女」的嬌小女性。容貌雖然非常端正，但要說這名女性「美麗」，反倒更容易讓人先想到「楚楚可憐」這樣的形容詞。

這名有如妖精般的女性，卻跟像是怪物般的壯漢坐在同一張桌前。

「步美，你看你看！上頭寫說如果要加麵，推薦在把麵吃完前先加點喔！那就趁現在先點吧！硬度是要硬的？偏硬？普通？那就點有寫店家推薦的偏硬吧！麻煩加點一球偏硬的麵！」

「……」

「步美，怎麼了？……咦？啊啊，你喜歡麵要軟一點對吧！抱歉！我不小心忘記了！不好意思——！麻煩把剛才偏硬的麵改成偏軟！」

「……」

巨漢聽見那名女性重新點菜，店員回答了解之後安心地鬆了口氣。

這位女性雖然像是在照顧不夠機靈的弟弟，但坐在周圍的人都很懷疑他們怎麼看都不像是兄妹。

那名巨漢雖然有「步美」這種別說是討論男女性別，而是已經完全不適合他的名字，但大多數人還是比較在意能跟那個外貌嚇人的男子對等講話的女性。

畢竟她是名如果一個人走在街上，感覺馬上就會被搭訕的美女或是美少女。

他們是夫妻還是男女朋友？

但那樣也太過不搭調了。雖說看起來實在只像是男方綁架女性，但女性的態度馬上就否決掉這種可能性。

可是說他們是兄妹又長得太不像。

客人們雖然這麼想，但下一瞬間立刻聽見衝擊性的對白。

「真是的，步美你要再多靠自己出點聲音才行喔？在家鄉就算不出聲大家也都會照顧你，可是到了外頭，如果媽媽我不在就什麼都做不到！老是這個樣子的話，死掉的爸爸是會笑你的喔！」

噗！周圍有好幾名客人把水或拉麵噴出口。

——媽媽？

——她剛才說自己是媽媽？

——這是聽錯了吧？

別說是客人，就連把追加的麵送來的店員內心也充滿混亂。不過那位大漢卻因為「母親」的說教顯得垂頭喪氣。

他的名字是臼原步美。

是過去支配武野倉市的阿多村一族底下，被稱為「阿多村的馴鯨」並且大鬧四方的黑道。

然後，坐在他面前的是臼原祐希。

是臼原父親的繼室，從步美的角度看來，就是身為繼母的女性——

不過很令人困擾的，就是她的年齡只有二十三歲。比步美還要小五歲以上。

由於是臥病在床的父親突然娶進門的繼室，對臼原而言是在什麼都搞不清楚的情況下迎接這位繼母進入家門。

然後，父親馬上就過世了。

只不過，沒人認為是這位繼室做了什麼。

因為父親的醫療費用讓臼原家幾乎沒有什麼資產，反而是剩下來的債務變成要由她

一肩扛起。

好像是這位母親從東京搭便車四處旅行時，發現倒在路邊的臼原父親。然後在她照顧父親的期間雙方變得情投意合於是就結婚了，但他們也完全沒把詳細的狀況跟經過告訴臼原。

雖然他沒有把比自己還年輕，也明顯跟自己身處完全不同世界的祐希當成母親，但也無法冷漠對待這位完全以母親自居，有時溫柔有時又嚴格對待自己的女性。

臼原是名不法之徒，也是個能視情況毫不猶豫地把人摧毀的男人。但是不管老幼，只要面對女性，他就只是個晚熟的男孩子。

而他已經不是幫派分子了。

他所居住的武倉野市不久之前發生某起事件。礦山因此封閉，雇用他的黑道組織也自然地跟著消滅。

臼原能夠理解，事情演變成這樣的原因出在一名男子身上。

雖然只是靠動物般的直覺想像，但實際上這個直覺並沒猜錯。

「所以呢？他是叫折原臨也嗎？他還在這個縣裡頭？」

雖然她應該比折原臨也還要年輕，但祐希完全是用「兒子步美的朋友」這種感覺在討論。

實際上他們根本不是朋友，對臼原來說是無比憎恨的敵人。但是只要跟這位繼母在一起，感覺就是會失常。

繼母聽完因為那起事件而身受重傷，被送回來的臼原還有其他人講的話以後……

──「我明白了！你跟那個叫折原的孩子，還有他爺爺打架了對吧！然後你打輸後就跑回來……？真是不可原諒！小孩子打架竟然叫親人幫忙！既然這樣我也要一起去找他們抱怨幾句！」

她說完後，就變成兩人一起出去旅行尋找折原臨也這種無比怪異的狀況。

臼原雖然頭腦也不太好，但他也知道這位繼母的腦袋好像少了根筋。

她的娘家似乎是頗為富裕的企業家，所以並不缺旅行資金。

只是發誓要對折原臨也復仇的臼原內心，湧現出「這種生活再繼續下去真的好嗎」的念頭。

「……」

不過，他沒有打算放棄復仇。

可是實際上如果只有自己一個人，完全沒有線索能找到折原臨也，這也是事實。

不知不覺間，臼原的目的已經逐漸變成要對臨也跟那個老人復仇，然後結束這段明顯很不普通的母子之旅了。

直到在拉麵店的電視畫面中，看到那群男子的身影為止。

「話說回來，楝象先生家的寒四郎還真厲害呢。我那個叫美春的姑姑跟楝象先生的媽媽很要好喔？所以我也有見過寒四郎！」

「…………」

聽母親這麼一說，臼原就望向電視畫面。

「對了對了，那位美春姑姑的小孩……也就是我的表姊妹，是在出版社上班喔？然後好像已經獲得許多折原的情報，等到跟姑姑見面時，你要好好打招呼才行喔？」

「……」

臼原曖昧地點點頭並繼續看著電視，但是當某位打者打出的界外球飛進觀眾席的瞬間——他那能從繃帶縫隙窺探到的眼中，燃燒著烈火。

「折……原……」

「咦？步美？你怎麼了？」

被難得發出聲音的義子嚇了一跳，祐希也朝電視螢光幕上望去。

於是電視上將剛才發生的事情用ＶＴＲ重播。畫面裡有個漂亮地將界外球接住的老人，以及旁邊坐在輪椅上瞪大眼睛的男子。

折原臨也。

還有在他身旁服侍的老人。

自己過去那位名叫阿多村的雇主，雖然在消失無蹤前對臼原講過「那個人叫坐傳助……是個活生生的傳說，最好不要與他為敵。」這種話，但是面對當時那種敗北的屈辱，自己實在無法就這麼「盡釋前嫌」地放下一切。

更重要的，那場對決最後是由折原臨也這名男子從旁插手丟炸彈進來所終結的，這讓他更是無法釋懷。

更進一步來說，自己的故鄉似乎也是被這名叫折原臨也的男子搞得亂七八糟。

在各種情緒混雜之下，臼原張開那令人聯想到鯨魚的血盆大口，充滿怨恨地大喊對方的名字：

「折原……臨也————————！」

這個蘊含明確殺意的怒吼，讓周遭的客人與店員誤以為自己的生命受到威脅而全身僵硬。

但在這種情況下，祐希卻嘟起臉頰用力踢了臼原的脛骨。

「嘎……」

被踢中致命弱點，讓臼原發出細微的慘叫聲。身為繼母的祐希用那確實很像少女的童顏皺起眉梢，然後開始斥責兒子：

「不可以在店裡頭大吵大鬧！不可以！知道嗎！」

然後她看著電視，講出了還是有哪裡少根筋的話：

「那個球場，是夏瓦先生那邊的對吧。」

「既然這樣，我想從這邊搭計程車過去一小時左右就到了喔？」

間章　折原臨也是怎樣的人？（遙人篇）

『一年前』

要問我覺得臨也哥哥怎麼樣？

嗯——我也不太清楚耶。

不過當我們困擾時他都會幫忙，也會請我們吃飯跟零食喔！

雖然他說會買想要的玩具給我，但這個要忍耐下來！

那個啊，之前我跟爸爸還有媽媽說有想要的玩具時，他們說「如果有想要的東西，那就要好好念書跟運動才行」喔！

可是我都還沒有在臨也哥那邊努力運動或念書，所以就跟緋鞠一起說這樣不能撒嬌要東西！

雖然臨也哥哥說「不用在意那種事」，但是如果有稍微想要的東西時，我都會去幫忙臨也哥哥喔！

咦？

幫些什麼忙……？

這個嘛，就是幫各種忙啊。

老實說我也搞不太懂，但有時候是幫忙送包包，有時是幫忙去叫人之類的！

雖然有時候會被可怕的人追著跑，但是臨也哥哥跟坐爺爺都會救我喔！

不過緋鞠卻說「不要太信任他會比較好」。

這是為什麼……？

臨也哥哥為什麼要幫助我們……？

還有不去學校這樣沒問題嗎……？

沒辦法跟朋友見面，感覺有些寂寞。

不過，臨也哥哥跟我說「今後你會交到很多朋友」喔。

是真的嗎？

那個，姊姊妳叫什麼名字？聶可？哈哈哈，好怪的名字！

啊呼咿咿，豪咿（好痛），豪咿唷（好痛喔）。噗妖喇偶的斂夾啦（不要拉我的臉頰啦）。

『現在』

關於臨也哥？

他是好人喔！他人真的真的超級好！

因為臨也哥在我跟緋鞠感到困擾時，伸出援手幫助我們嘛！

然後說不去學校也沒關係，不管是算術、國文、英語、社會還是理化，臨也哥全部都會教我喔！

而且也不會寂寞！我交到好多好多朋友！

坐爺爺會教我那個是叫柔術的東西對吧？

磯坂先生會教導我怎麼開車！

莉莎姊姊會製作超厲害的煙火！

富士浦先生會教我分辨哪些是不能吃的香菇跟野草！

間宮姊姊……老是在講臨也哥的壞話，我不太擅長跟她相處……

呃，其他還有……雖然只有到東京時才會遇見，但是美影姊姊跟木根先生也都稱讚說我的「素質很不錯」喔！而且還教我很多東西！

這個？嗯，是新的遊戲主機！

臨也哥買給我的！

因為我有好好幫忙！

有壞人在的店，我會跟緋鞠一起用鐵絲把後門封起來。有個好像放了很多各式各樣照片的包包，我也有交給臨也哥所說的人！還有幫臨也哥推輪椅！臨也哥的輪椅好輕，我也可以輕鬆推動喔！

雖然現在偶爾也會被壞人追著跑，但是沒問題！

如果壞人只有一個，我跟緋鞠可以邊逃跑邊解決！

只要照臨也哥說的去做，各種事情都會非常順利！

我想臨也哥應該有超能力！

他一定可以看見未來！

因為臨也哥不管什麼時候，都會笑著說「我早就認為會變成這樣了。」這句話！

雖然緋鞠說臨野哥是個「騙徒」，不過騙徒是什麼意思……？

不過也好久沒跟聶可姊姊像這樣聊天了！

下次再教我電腦的操作法吧！

對了，我從臨也哥那邊聽說，聶可姊姊的本名是叫壽枝耶！

臨也哥還說聶可姊真正的綽號是稻荷壽嗚咿嗚嗚，嗚呀嗚耶嗚啊嗚嗚。

唉喲，聶可姊姊，這樣很痛耶！為什麼突然對我施展鎖頸啊！

咦？妳要去殺了臨也哥……為、為什麼！

不行啦！不可以做那種事！

要殺掉臨也哥，就讓我來代替吧！

等等啦，聶可姊姊，聶可姊姊……！

二章 雙殺

不藤感到很焦急。

現在球場裡在進行的夏瓦毒蛇隊比賽，原本就是非常受到世間矚目的一戰。

不，就算不是太受矚目的比賽，在這個時代只要發生什麼事情，馬上都會透過網路立刻擴散到世界各地吧。

如果變成那樣還讓「那個」被發現，一切就都完蛋了。

光是擅自處理屍體的事情被發覺，這個球團的經營群就會全數遭到撤換吧。只不過，那種事情瀧岡劉生早已做過好幾次。

過去想要威脅劉生的職業股東或是獨立記者，已經有好幾個人行蹤不明。雖然不知道其中有多少人是直接在劉生面前被處理掉，但是漂浮在他周圍的怨念數量恐怕用雙手都數不完。

可是如果「那個」被發現，情況就完全不同了。

這跟殺人或棄屍那種只要逮捕瀧岡這群人就能解決的情況不同，恐怕球團本身都會直接化為烏有。要是一個弄不好，可能連夏瓦集團本身都會因此垮掉。

為了避免這種情況發生，當事情公諸於世時夏瓦集團就會跟瀧岡派進行切割。說不定他們會巧妙地操控輿論和媒體，扮演成「內部被侵蝕殆盡的被害者」這種角色。夏瓦集團就是擁有這種程度的力量。

無論如何，像自己這種微不足道的人物只會有毀滅等待著自己。靠著向瀧岡拍馬屁勉強出人頭地升官，但也因此深入到「那個」的中樞裡頭。

這麼一來，最糟的情況就是瀧岡可能會把一切都嫁禍給到自己身上來封口。

——開什麼玩笑。

——我好不容易才能撈些好處……

他顫抖著想到雨木死去時的表情。

雨木是劉生的親信祕書之一，這個男人經常擔任「那個」的對外窗口。

正因為這樣才會被犯人盯上，然後經過一番拷問後才被殺掉吧。

雖然這麼想，但現在卻不覺得那名凶手本身很可怕。

不藤腦海中所浮現的，並不是在發現當初的屍體容貌，而早已替換成在劉生狠踢之下那張完全毀容的臉。

他靜靜調整呼吸並啟動無線電，婉轉地向下屬警衛們下達指示：

「我是不藤，通知全體警衛。百貨公司把我們所有人的生日蛋糕送來球場。雖然想必是有什麼誤會，但總經理也說我們就低調地收下吧。總之就是這樣，大家要比平常更

努力執行自己的勤務。」

雖然聽起來很像是激勵部下的玩笑話，但這些都是為了防範無線電被竊聽的暗語。警衛們實際上是接到像這樣的指示：

——「我們接到有人在球場設置炸彈的預告。雖然覺得是惡作劇，但總經理下達不要讓事情公開的指示。為了預防萬一，必須強化警備。」

得知真正意思的警衛們，大家臉上都浮現緊張的神情並加快巡邏的腳步。

——他們還真是悠閒。

身為不藤部下的一般警衛們並不知道「那個」的內情，當然也不知道剛才那具屍體的事。也因為如此，必須在勉強不會令人起疑的範圍內強化警備。

羨慕著毫不知情並繼續工作的部下們，不藤只能獨自膽怯害怕。

如果不在第二起殺人事件發生前找出凶手，自己的未來就只有毀滅這條路可走了。

但是他的祈願沒發生作用，狀況已經開始往逐漸惡化的方向發展。

在瀧岡支配的這個劇院裡頭，就連最糟糕的人並非以「舞台演員」，而是用「觀眾」身分來參與事件這點，他都還沒察覺到。

只不過即使察覺到，他也已經無能為力。

♀♂

觀眾席

「所以呢？聶可，關於這個球團公司有什麼有趣的情報嗎？」
比賽來到二局下半時，臨也開口詢問坐在折疊椅上的聶可。
「稍微知道一些啦，嘻嘻。」
「雖然覺得應該也有我知道的情報，但總之妳還是簡單說明一下吧。」
「這有算在工作裡頭嗎？」
「雖然不能虛報薪水，但我個人可以發點獎金給妳吧。不然買台新的平板電腦送妳好了，妳可以用手指盡情地在上頭滑來滑去喔。」
雖然這句話是在捉弄剛剛才說「自己不喜歡平板電腦」的聶可。但她似乎很習慣了，連視線都沒轉過去直接回話：
「謝啦，我會當成手裏劍拿來丟你的——」
她隸屬於一間稱作「Candiru」的調查公司。以情報處理部門的首腦身分君臨這間公司，可說是這一行的專家。

話雖如此，這間公司別說是遊走灰色地帶，根本有一半以上已經踏入犯罪領域。而要稱她為部門首腦，性格上也太過自由了。平常並非固定在某家公司工作，甚至還不是住在固定地點。

包括「Candiru」名義上的社長磯坂還有公司實際上的老闆臨也在內，僅有少數幾個人能跟她取得聯絡。聶可這個名字，也只不過是公司內大家熟悉的假名之一。

即使如此，她在網路上收集情報的技術是貨真價實的。依照情況，甚至連調查對象個人電腦裡頭跟某些癖好有關的圖片資料夾檔案都能確實收集到。

身懷如此才能的聶可，開始把棒球攻守交替三次的這段期間內，所調查到的情報仔細報告給臨也：

「夏瓦集團是以代代相傳的玩具店為基礎，由夏瓦白夜丸這個名字很誇張的大叔所創立的複合企業。巨大化到這種地步的集團，卻以玩具公司為中心很稀奇吧？如果是不同時代，說不定會被稱呼為夏瓦財閥呢——」

「嗯嗯，繼續說吧。」

「之前雖然好像被海外企業的間諜找麻煩，但不知為何間諜們在埼玉被池袋的警官一網打盡，而遭受毀滅性打擊。因為聽說這背後跟董事長夏瓦白夜丸的計謀有關，所以說不定是個相當有能力的人。這個夏瓦球場雖然也是關係企業之一……但這裡卻有點特殊，夏瓦的親戚或是過去支撐起夏瓦集團的高階幹部，似乎沒有任何人參與這裡的經營──」

聶可像是電腦裡的朗讀軟體一樣，毫無感情並且平淡地述說情報。只不過她並不是閱讀電腦螢幕上顯示的畫面，而是把浮現在腦海中的螢幕所浮現的文字唸出來。

「瀧岡劉生，據說被稱作年輕的新星，也被說成叛逆者喔？他在夏瓦集團裡頭建立起自己的派系並伸展勢力，然後終於取得這座球場與棒球隊的經營權。雖然有傳聞說他最終打算掌握夏瓦集團的實權，不過從還沒被排除掉這點看來，他說不定握有不少集團的把柄呢──」

像是珠算的心算般，她在腦中把原本只是雜亂收集的情報彙整成一份資料。

雖然她本身的聲音沒有什麼抑揚頓挫，所以難以理解其中的情感。但是那對眼睛炯炯有神，似乎正沉浸在自己連巨大企業的祕密情報都能蒐集到並揭露出來的喜悅中。

「這個叫瀧岡劉生的傢伙，似乎不只是個菁英少爺而已喔──聽說他私下跟黑幫有所往來，主要交易對象是角川會的明日機組──你以前也有跟他們來往對吧──？這樣是不是會知道些什麼？」

「很難說耶，畢竟我最後還在池袋的時候，幾乎都是跟粟楠會交易嘛。而且，明日

機組也沒有笨到把自己交易對象的事情洩漏給我這個情報商人知道。」

「不過，明日機組對網路方面的防備很鬆懈耶？有關於槍械交易的對話紀錄竟然還放在跟網路有連線的電腦裡呢——嘻嘻。」

把微薄的情感放進扭曲的笑聲後，聶可繼續述說情報。

聽見她的竊笑聲，讓臨也心想：

看來瀧岡劉生周圍，存在著能讓聶可發出笑聲的情報。

臨也繼續聽聶可講著，而這些情報跟地下倉庫發生的「事件」會有什麼樣的聯繫——他露出有如快放暑假的小學生眼神，興奮不已地期待狀況有進一步發展。

正確的說法，是期待「人們的表情」會因為狀況有所發展而產生變化。他做好心理準備，要來迎接純粹的喜悅。

雖然有發現到這種嗜好真是無比扭曲，但他也絲毫不打算改掉這種惡習。

♀♂

同一時間　劉生的辦公室

「早知如此，就應該再多跟明日機組交易一些槍枝才對。」

劉生想起這個房間也是「殺害預定地」其中之一後，低聲說出這句話。

「哎呀，哥哥你打算在球場裡鬧出槍戰？再說，你應該已經有好幾把槍了吧？」

面對妹妹的指責聲，劉生以泰然自若的態度回答：

「我是指要有更好的槍。不只性能，還要有些裝飾才算是配得上我的護身用具。」

「那明日機組可就沒辦法了。他們的商品賣點是數量重於品質。」

「珠江，別這麼說。這裡可是有以前待過那邊的人喔。」

劉生邊說邊往旁邊瞄了一眼，那邊有一名部下微微點頭致意。

從體格跟舉止態度看來，這名男子應該不是職務相關的助手，而是雇來擔任護衛。

「哎呀，真抱歉啊。我可不是在講明日機組的壞話喔？」

「不，這也是事實。」

男子平淡地回答並低頭行禮。

正當他們如此對話，珠江也繼續尋找出可疑人物的作業時，辦公室的門被敲響。

「……」

負責護衛的男子們開始緊張。

既然這個房間被指定為殺害預定地，那犯人就有可能全副武裝直接衝進來。只不過如果犯人是如此急性子，這個事件說不定會比較輕鬆。

「……請進。」

劉生這麼說完後房門被打開，有三名男女出現。

那是混雜白髮的頭髮底下，眼神卻有如老鷹般銳利的五十歲左右男性。後頭跟著身材高大的護衛，以及戴著眼鏡像是祕書的女性。

「哎呀，這不是冰浦先生嗎？原本我還打算去向您打招呼，沒想到卻變成勞煩您親自過來，這真是不好意思。」

劉生以殷勤的態度鞠躬，但這段話的背後卻毫無敬意可言，隨處都透露出是在跟「對等的交易對象」講客套話的含意。

被稱呼為冰浦的男子也理解這一點，他哼了一聲沒理會這聲招呼，直接講出自己要講的話：

「看來你好像發生了什麼麻煩。」

「您說得沒錯，沒想到竟然會連同白天的比賽連續三打席敲出全壘打。這樣如果連續四打席開轟，就會變成跟王選手並列的歷史紀錄，身為球團經營人也必須想些致詞才行……」

「別想蒙混過去，再說王貞治的紀錄是單場比賽中不摻雜四壞球，連續四打席全壘打。如果是跨比賽的四打數，人數就會更多。雖然這還是很偉大的紀錄沒錯。」
「真不愧是冰浦先生，對棒球也很熟悉嘛。」
「那也只是你這個球團經營者對棒球太無感吧。」
運動一下脖子後，冰浦接著開始進入正題：
「警衛們還蠻慌張的嘛。」
「有觀眾因為全壘打而太過興奮了。」
「我應該有說過叫你別想蒙混過去。警衛們都有收到無線電吧？內容是『百貨公司送來我們所有人的生日蛋糕』。」
「喔，先不管您竊聽我們的無線電這點……您想一起吃蛋糕嗎？真是非常抱歉，已經全吃光了。」
「那是有人預告要放炸彈的暗語吧？快說明發生什麼情況，這也事關我們的安全。」
暫停一陣後，冰浦瞇起原本就很細長的眼睛詢問：
「……這跟『那個』的時間延後，有什麼關係嗎？」
「原來如此，畢竟您的確也是當事人。說不定還是知道詳情會比較好。只不過，聽完以後我們就是休戚與共。冰浦先生也將無法走下舞台，這點還請您做好覺悟。」

「你這才真的是事到如今還在講什麼蠢話。」

對冰浦嗤之以鼻的這句話，劉生裝模作樣地敞開雙手。

「那麼就讓我來說吧。各位可能會成為被害者，但也可能是嫌犯。」

「你說……嫌犯？」

「由於已經決定完全不跟警方有所瓜葛，所以用這個字眼感覺也不太恰當。不過，這是在我的劇院裡發生的事件。如果想成是上演犯罪懸疑片，那還是簡單易懂地稱呼您為『嫌犯之一』會比較好啊。」

劉生用拐彎抹角的講法挑釁，讓跟他年紀相差到可以當父子的冰浦也訝異地搖頭。

「你這個人腦袋依然有問題。不……正因為如此，才會身為夏瓦集團的幹部，卻又光明正大地幹出那種事情來。」

「凡是超越自己認知範疇之物就用『腦袋有問題』來帶過，是放棄思考的行為吧？這句話對於做出超越本身認知之事者真是缺乏敬意。您是禽獸嗎？冰浦亂藏副縣知事。」

「別瞧不起人，你這小鬼頭。」

被稱作為副縣知事的男人——冰浦走過驕傲自大的劉生旁邊，直接在訪客用的皮革製沙發坐下。

「那就說來聽聽吧，我是什麼事件的嫌犯。」

♀♂

觀眾席

「原來如此啊，跟副縣知事冰浦有密切來往……是嗎？」

「我剛才看了ＶＩＰ室的影像，他只帶著像心腹的人就跑來觀戰喔——至於這球場的ＶＩＰ室嘛……你看，從這邊也能看見對吧？就是那邊用玻璃當隔間的屋內觀戰席，看一場好像得花個二十萬喔？那位副知事該不會是用公款來看比賽的吧？嘻嘻。」

聶可興高采烈地笑著講解關於ＶＩＰ室的事，由於二局下半剛好結束，所以坐在旁邊自由席的孩子們快步跑到臨也身邊。

「臨也哥！臨也哥！楝象選手接下來會不會再打出全壘打啊！」

「你太興奮了。」

少年興奮到手舞足蹈，少女則用冷靜的聲音斥責他。

「遙人跟緋鞠，你們會想去那種ＶＩＰ席看比賽嗎？」

臨也指著聶可告訴他的ＶＩＰ室若無其事地詢問，被問到的孩子們——遙人跟緋鞠互相對看一下後回答：

「欸——我才不要。因為坐那邊距離選手好遠！」

「我不想坐不符合身分的位子。如果是夏季白天……天氣很熱也許就會想去。」

「你們兩個真老實，我給你們一些零用錢吧。不管是熱狗還是刨冰，儘管去買你們喜歡的東西吧。」

臨也從口袋裡拿出錢包，然後各給孩子們一張千圓鈔票。

「哇喔！謝謝臨也哥！我要去買『聖代先生的冰淇淋』！」

「……謝謝。」

遙人興奮到整個人跳起來，緋鞠則用與其說害羞更像訝異的眼神注視臨也，然後各自向他道謝。

目送直接跑去賣店的孩子們，臨也露出跟面對兩名孩子時相同的笑容，繼續講起險惡話題的後續。

「所以？他跟冰浦副知事有怎樣的聯繫？」

「嗯，這才叫做小孩子看到冰淇淋時的表情。」

「冰淇淋跟情報的確很像喔。冰淇淋能滿足食慾，並藉由糖分讓腦部活性化，而且還令人亢奮。有趣的情報也一樣，能滿足欲望讓頭腦清明，同時讓內心無比雀躍。」

臨也聽著背後傳來坐的訝異之聲，依舊要求著球團經營者的祕密情報。

「這個嘛，看來不只是冰浦喔。他似乎還跟許多財經界跟黑社會人士有密切往來，甚至還跟海外黑手黨的人頭公司社長有所聯繫耶——？」

「了不起。這種狀況下還能從網路搜出這麼多情報的人，我也只知道幾個而已。在我認識的人裡頭，妳可說是本州最高等級的吧。」

「雖然希望你直接說我絕對是日本第一，但我也沒自戀到那種地步啦，嘻嘻。畢竟還有池袋的九十九屋、新潟的八房跟博多的背號24號在嘛——哎呀，雖然也找到冰浦副知事過去逃稅的情報，但這跟現在的情況好像沒什麼關係呢——嘻嘻。」

這些是絕不會遭到揭露的情報。

再說連瀧岡劉生與冰浦副知事來往這種乍看並非不自然的關係，也都是幾乎沒傳開的情報。

從這種關係到逃稅的證據，可以由拿在手上的筆記型電腦為起點接二連三地收集到，也代表聶可的情報收集能力實屬異常。但彷彿是要表示這些也不過只是表面的情報，她的手指繼續愉快地敲打鍵盤。

「老實說，夏瓦集團講起來也是『Candiru』內部備受矚目的大企業嘛——雖然因為不想隨便樹敵就沒有探查得太深入，不過為了因應這種狀況，以前也動了不少手腳嘛——……嘿咻。」

「請妳真的要小心點啦。啊，不過如果真的有什麼萬一，我們會推卸責任說這全是聶可自己做的，所以儘管放心吧。」

「那真不錯耶，因為揭發大企業的負面消息而成名。去死啦，你這白——痴。白——痴……嘿咻。」

聶可笑嘻嘻地敲打鍵盤。

在目前攻守交換中的球場裡，她是比任何人都要興奮的觀眾。

不過這跟現場重點的棒球毫無關係，只是她持續玩著屬於自己的「遊戲」所造成的結果。

♀♂

劉生的辦公室

「原來如此，『那個』被洩漏出去了。是這麼回事吧？」

看著冰浦露出愁眉苦臉的表情，劉生愉快地笑著。

「還沒洩漏出去。既然事情發生在這個劇院裡頭，那就不過還是內部瑣事罷了。」

「……到底要怎麼做，才能變得像你這樣充滿自信？」

「這座夏瓦球場從三年前改建時開始，就已經在我的管理之下。夏瓦集團母體所提出的意見，我全部駁回或是蒙混過去。這是個各方面機能都很完美，只屬於我也只為我而建立的球場。就連受到國民歡迎的巨星選手還有在這個球場裡舉辦的各種競技，不論勝敗都操控在我的手掌心。」

冰浦雖然對劉生講得如此理所當然的態度感到毛骨悚然，但他並不是會把這種情感形之於色的小人物。

「……如果能辦到那些事，只要讓主場戰全勝，毒蛇隊不就能確實奪冠了嗎？」

「不，因為我對奪冠並沒那麼執著。而且讓人明顯感受到在打假球的戲碼，會傷害我的自尊。」

「……打假球會傷害的是選手們的自尊吧……算了，重點是，有要進行『那個』的交易嗎？」

「那當然。只不過如果犯人是擁有某種程度武力的集團時，屆到就會遇襲吧……雖然從手法看來，應該不會有這種情況。」

聽完劉生的話，冰浦靜靜深呼吸一下。

「有鎖定犯人了嗎？」

「馬上就會鎖定了，我們不會再讓對方做出危險的舉動。」

劉生這麼回答，並拿起擺在辦公桌上的遙控器。

按下一顆按鈕後，跟「表」與「裡」雙方警備系統聯結的電腦螢幕畫面，從房間角落的投影機放映出來。

「從觀眾席、通道、後門到球場外的商店與停車場，現在正在進行全面分析。」

妹妹珠江像是要補充般，接著說明：

「我們已經將系統改良，即使螢幕的影像被替換掉也能立刻探查。對方如果使用跟最初相同的手法，在那一瞬間我們就能立刻推算出『犯人』接下來會移動的位置。」

然後畫面在有預告的地點連續切換。

雖然這只是要展示一切正常給冰浦看的行動，但又被奇妙的「緣份」給吸引住。

「折原……臨也……？」

「咦？」

突然聽見這個像是專有名詞的幾個字，珠江停下切換影像的手。

「剛才是哪位在出聲說話？」

由於是在冰浦面前，於是劉生用敬語詢問室內所有人。

不過戰戰兢兢地舉起手的人，就是剛才跟珠江對話，原本隸屬於明日機組這個暴力團組織的男性護衛。

「真的非常抱歉，總經理。因為有個認識的面孔出現在輪椅區那邊。」

「……是你個人認識的朋友嗎？」

如果只是那樣就不用特別在意，大概只要講句「偶然還真可怕」就能打發掉。但是考慮到他的出身，劉生還是刻意深入詢問。

「不，是之前工作地點的相關人員。」

「可以說得仔細一點嗎？」

目前與目出井組派系的明日機組，仍有生意上的往來。

跟那個明日機組有關的人，身在這座球場內卻不在劉生的掌握範圍，這就是非常可疑的「嫌犯」了。

原為黑道分子的男性，在稍陷迷惘後回答道：

「呃……這件事請不要對老東家的人……」

「沒問題，這事我會為你保密。不會把你洩漏原本職場情報的事情傳出去，畢竟做出那種事，我也得不到任何好處。」

「非常感謝……啊，不，那傢伙其實也不是組員……原本聽說已經死了，所以看到他還活著嚇了一跳。」

看到護衛一副猶豫不決的模樣，劉生開口催促他說：

「這種個人感想之後再說。首先他的名字是？Orihara……什麼來著？」

「他叫折原臨也。臨海學校的臨，然後配上是也的也，寫成臨也。是通常大概都念不出來的特殊讀音，他是在池袋還有新宿周邊活動的情報商人。」

「情報商人？」

劉生皺起眉頭。

對於情報商人他至少還知道。

不過那是指在徵信社工作的男人或是酒店公關小姐，又或者是些不良警官還有賺些小錢的新聞記者跟警官的線人，諸如此類專門買賣情報的人。

「他是牛郎之類的嗎？雖然的確像是做那類行業的……」

「不，正如字面形容是個『情報商人』，把劉生總經理對於情報商人們的印象統籌起來想像一下就很容易理解。他專門從街頭各處收集情報，然後高價轉賣給其他人。」

「原來如此，已經是連街頭傳聞都會有仲介人的時代了嗎？既然連明日機組都會利用，這代表他應該相當有能力吧。」

看著位於輪椅專用區的男子身影，他回想起剛才珠江注意的這名男子。

「原來如此，從這個男人身上的確能感受到奇妙的氛圍……靠情報混口飯吃的男子，卻帶著執事還坐在高級輪椅上。挺有財力的嘛。」

「是的，由於也有交易不少內線情報，所以他本身應該也靠股票賺了不少。只是在他消失之前，有一段時間是跟與我們關係險惡的粟楠會來往。然後據稱在池袋跟當地的小混混還是外國人起衝突，於是就聽說他疑似被打死還是遭刺殺的傳聞……」

「嗯。從坐輪椅這點看來，這起衝突應該讓他的脊髓某處受傷了吧……不過，粟楠會是吧？粟楠會……原來如此，是這樣啊！這下子一切全兜得起來了！」

啪！劉生拍響雙手，雙眸炯炯有神地說：

「在目出井組旗下也算是高階團體的粟楠會，就算掌握到有關『那個』的情報也不奇怪。跟明日機組之間的競爭關係就更不用說了。利用底下的情報商人，先是來威脅我們，如果順利就將利益全部搶走，就算不行，大概也有『如果不想被揭發，就讓我們分一杯羹』這種打算吧。」

「咦？」

「這麼一來事情就簡單了。要在預告地點進行的殺人事件，其實也沒必要真的成功。只要那名坐在輪椅區的情報商人稍微用刀切傷自己的腹部，然後大喊『我被刺傷了』就能讓觀眾席陷入恐慌。以此當成粟楠會對我的威脅就足夠了吧。如果有粟楠會等級的力量，要拿我們處理掉一開始被殺的雨木屍體這件事來勒索，也是有可能的。」

「啊，不是……那個……現在還沒確定是否真的是這樣子……」

前明日機組的護衛，慌忙對劉生的推測潑冷水。

明日機組與粟楠會，即使在目出井組被重新編制成角川會這個更巨大的組織後，雙方的關係仍然稱不上良好。

萬一這時候傳出「粟楠想奪取明日機的利益」這種傳聞，這可是發生幫派火拚都不足為奇的狀況。

如果因為隨口說出的一句話而引發黑道大戰，自己可承擔不起。冷汗從護衛的男性太陽穴流下。

「啊，你放心吧。這並非淺慮，我沒那麼急性子。終究都只是假設。不過，如果粟楠會真的以為派出底下的情報商人就能應付我……哈哈，如果他們真的那麼小看我……」

劉生露出笑容不斷點頭後——

下一瞬間，他用自己的拳頭把擺在桌上的玻璃煙灰缸敲碎。

「就要請他們為了侵入我的劇院而贖罪。」

在周圍不禁屏息的眾人面前，劉生手上不停地流血，但還是用爽朗的笑容開口：

「首先，那名情報商人就走不出這座球場了吧……永遠。」

劉生話中釋出險惡的殺氣使氣氛變得緊繃。這時冰浦緩緩站起，嘆了口氣後開口：

「算了。我們也不想成為『被害者』，所以就讓我們自己行動吧。」

「哎呀，您打算怎麼做呢，冰浦副知事？」

冰浦對刻意鄭重加上「副知事」職銜的劉生狠狠瞪了一眼，語帶諷刺般地回答：

「我也要獨自行動以求解決事件，所以會去跟那名情報商人接觸。」

♀♂

賣店前

黛彩葉是「第三調查部」的一員。

她是名平常以啤酒販售員身分在球場裡工作的女性。雖然是短髮，但長長的瀏海遮住單眼四處販售啤酒的模樣，讓球場裡一部分常客給予「好像有股神祕感，真是不錯。」的神祕高評價。

但背後的身分，是在劉生指示下面不改色行使非合法行為，從事球團公司的骯髒差事。是當球場周遭發生糾紛時，為了以不太圓滑的方法解決問題時所準備的人員。

她現在正跟警備部門合作，嚴加戒備可疑份子。

跟警備部門的成員不同，大致上的情況已經用特殊暗號傳達給她們知道。

基本上，她是聽從警備部門最高層的不藤指示執行球場的警戒。但現在，有新的指示指名要交給她負責。

——「位於輪椅專用區，有名帶著老人的黑衣男子。對那個名叫Orihara Izaya的人物做最大限度的警戒。」

的確，她現在販賣啤酒的地點，距離輪椅專用區並不太遠。

彩葉稍微瞄了一眼，那邊跟收到的情報一樣，身著黑衣的男子坐在輪椅上，位於執事風格的老人前方。

「──────」

這一剎那，彩葉全身感到一股戰慄。

彩葉以往也從事過數次非合法的工作。但有時得賭上性命跟對方廝殺，也見過好幾次那種在電影或漫畫才會出現，所謂「殺手」的職業專家。

而這些經驗，讓她在看到那名男子跟老人的瞬間，全身立刻響起警報。

那兩個人，很危險。

年輕男子環視周圍的眼神，雖然有種詭譎陰森的感覺，但相較下老人更顯異常。

對方並沒釋放出像是要射殺周圍所有人的殺氣或壓迫感。

反而讓人覺得他沉穩到要跟周遭的空氣融合為一。即使如此，動作舉止依舊幾乎可說是沒有任何破綻。

就連空蕩蕩的背後，也滲透出彷彿要誘惑她說「快過來這邊吧」的危險氣息，這讓她微微倒抽一口氣。

──真糟糕。

──如果命令是要綁架那兩個人，這我可辦不到。

──那個老爺爺，大概會強悍得要命。

──如果第三調查部全體備齊武器一起上……

——……

——咦？不會吧？這樣還是會輸？

雖然在腦內進行模擬，卻只能導出最糟糕的結果。

不，這只是自己的直覺變遲鈍了。那個老人也還不確定是否真的強到那種地步。

把這些話講給自己聽後，她靜靜地走上前。

這是為了用販售員身分靠近他們，並確認自己的眼光是否正確。

但是——

也許是太過於警戒老人，使得她沒察覺到從商店方向跑來的少年，因而擋住對方的去路。

咚，輕微的衝擊傳來。轉頭一看，那邊有名冰淇淋掉在地上的少年，正瞪大眼睛注視著冰淇淋。

「啊……啊……」

「都是你匆忙跑回來啦，真笨耶。」

看到一臉快哭出來的少年，彩葉露出營業用笑容蹲下來。

沒看前方就一直跑的遙人，在輕微的衝擊後，親眼目睹自己剛買的冰淇淋落地。

他在一陣茫然後才理解狀況，眼中滲出淚水。這時那位「在球場裡賣酒的姊姊」對自己出聲詢問。

「我沒事！」

注視著這位配合少年視線高度講出這句話的女性，遙人硬是忍住快要掉下來的眼淚。

「對不起喔，姊姊沒仔細注意四周……沒問題，跟我來吧！」

「咦？」

遙人一臉訝異地被牽住手。

把他帶到賣冰淇淋的店後，彩葉對店員說：

「不好意思，我不小心撞到他……請給這孩子相同的商品！」

「好好好，小黛會撞到人還真稀奇耶。」

商店的年長女性這麼說著，同時幫遙人弄好一個跟剛才相同的冰淇淋。

「來，這次我們都要小心喔！」

「請問，買這個的錢……」

「沒關係，這是棒球場的總經理先生請客，你就收下吧！」

遙人雖然因為從不認識的人手中收到東西而顯得很慌張，可是當追上來的緋鞠說道：「……你就收下吧。」的瞬間，就立刻眼神閃耀光輝，露出天真無邪的笑容道謝：

「哇啊！謝謝妳！大姊姊！」

看到孩子臉上重現笑容，讓彩葉內心鬆了口氣。

她說的「總經理先生請客」這句話，並不是臨時想出來的說詞。而是總經理瀧岡劉生自己構思出來，全體球場工作人員都必須遵守的標準流程。

雖然不清楚這是否想給觀眾們一種「總經理很大方」的印象，但實際上總經理對服務觀眾的資金毫不吝惜。

然而所有工作人員都能理解，這不過是為了操控觀眾的誘餌。

雖然能理解總經理劉生表面與本性不同的，只有心腹們還有第三調查部這些極少部分的人，不過就連在球場工作的一般職員，都大概能察覺到這股淤塞的氛圍。

這座夏瓦球場並不是為觀眾建造的樂園，而是瀧岡劉生這名獨裁者所統治的王國。

為這樣的獨裁者做些骯髒差事倒也算了，但是還要幫忙爭取人氣就真的很麻煩。彩葉這麼想著，同時以笑容目送少年離開，接著就打算回頭清理掉在地上的冰淇淋。

但那名少年跟身旁少女的對話，將彩葉的內心拉了回來。

「真受不了，你真的很孩子氣耶。不過是個冰淇淋就這麼興奮。」

「嗚——可是我第一次看到疊了三層的冰淇淋嘛，所以才想在融化前拿去給臨也(Izaya)哥看……」

——……

——……Izaya？

剛才獨立通訊網傳來的專有名詞，跟現在少年口中講出的名字完全符合。

彩葉的視線望向少年背後，他放下依舊慢步走著的少女一直線跑過去。

跑到剛才讓自己感到無比驚恐的坐輪椅男性與老人身邊。

黛彩葉還沒有發現。

自己在這裡跟少年接觸這件事，不久後將會決定許多人的命運。

然後，自己的命運也在此刻，往一百八十度完全相反的方向扭曲。

她困惑地交互看著坐輪椅男性以及笑著跑到他身邊的少年，然後忍不住低聲說道：

「Orihara Izaya……他到底是怎樣的人？」

只不過由於三局上半幾乎在同時間開始，會場的狂熱讓她的低語在沒有任何人聽見的情況下就被掩蓋。

♀♂

劉生的辦公室

「……小孩？」

看到顯示在螢幕上的輪椅專用區影象，讓劉生稍微皺起眉頭。

有名大概是小學生的男孩子跑向坐輪椅的男性身邊，好像很愉快地在講些什麼。

稍後，有個看起來像是同年紀的少女現身。她則是像在跟老人進行某些對話。

「……這是某種掩飾手段嗎？」

「不，可能是利用那群孩子來跟同夥聯絡，繼續監視他們。」

「知道了，哥哥。」

如此回答的珠江，注視著映在螢幕上的另一個人。

那是名看著筆電好像在做些什麼，身穿龐克哥德蘿莉風服飾的戴眼鏡女性。

「……那也是折原臨也的同夥？」

也不管棒球比賽已經開始，卻不停地使用電腦。

雖然覺得她好像在跟折原臨也對話，但是臉卻幾乎沒有轉向臨也那邊，所以無法清楚得知。

從正在使用電腦這點看來，現在侵入網路的「蟲子」就是她放出來的吧。

——既然這樣……

珠江微微咬緊牙根。

自己身為情報掌管者，也自認有不錯的本事。

可是，假設現在侵入監視攝影機網路的駭客就是她，那她的技術可說是遠在自己之上。

是折原臨也訓練她的？還是原本就本領高強才會被他雇用？

雖然不知道是這兩者之中的哪一個，但在知道對方至少是個絕對不能粗心大意的對手後，珠江露出無畏的笑容。

——算了，也罷。

——雖然不知道你們是為了什麼來挑釁我們……

——就讓我告訴你們，最後獲勝的永遠是綜合能力比較高的那一方。

珠江思考這些事情時，螢幕上的輪椅席開始有動作。

看到這一幕，讓劉生皺著眉頭低聲說：

「真的打算去接觸嗎？」

顯示出折原臨也一行人的畫面裡，上一局還在這個辦公室裡頭的冰浦保鑣與祕書兩人出現在畫面角落。

「也好，就讓我瞧瞧你們的本事吧。」

看著互相配合步伐走向輪椅青年的他們，劉生雖然覺得冰浦的行動太欠缺思慮，但也開始在心中思考自己接下來的方向。

視情況發展，也會有必要親自行動吧。

所有人依舊沒有察覺到折原臨也是跟事件毫無關係，只是偶然身處於這個球場的異物。

掌管他們命運的白球，繼續緩緩地在界外線上滾動。

♀♂

某國道　計程車裡

「然後呢！我就說了！說『慘啦！』！」

在個人經營的計程車裡頭，響徹著女性歡喜的聲音。

「啊，不過這只是現學現賣。是一對來日本觀光的美國人情侶教的，然後我就模仿他們！」

「呃、喔……」

計程車司機露出討好客人的笑容，同時附和坐在助手席的美女所說的話。

但是他把客人講的話當成耳邊風，也完全無法理解內容在講些什麼。

司機的視線與意識，都集中於後照鏡所照出的後座男子身上。

由於身軀太過巨大，那名壯漢只能彎著身體坐在後座。

看到綁在臉上的黑色繃帶，還有可以從中窺見的傷疤與凶狠的眼神，就會覺得載到鬼魂說不定還比較好。

可是對司機而言最奇特的，就是助手席這位能跟那個有如怪物的男子輕鬆交談的美女。

雖然疑惑於她到底是不害怕，還是只要習慣就能凌駕一切。但就是不會有「後座的

壯漢只是外表恐怖，其實是名溫柔的男性」這種想像。

而實際上即使如此想像，還是有重大的謬誤。

綁著繃帶的男人——臼原是個有如科學怪人般的怪物，靠那身壓倒性的怪力與持久力，將包含人類在內的眾多事物加以破壞的破壞者。

基本上他不知道除了破壞以外的溝通手段，也不知道其他能幫助別人的方法。而這也讓他的雇主感到很高興。

凡是打架或廝殺都沒輸過，他雖然眾所公認地以「無敵的男人」這個稱號君臨武野倉這個礦山都市——可是當這個都市被破壞的那一天，他首度嘗到敗績。

坐傳助與折原臨也。

被他們徹底玩弄的臼原，為了奪回自己的存在意義，下定決心要以激烈的憤怒將臨也與坐徹底擊潰。

雖然他是這麼決定——

「步美，你聽好！球場裡頭還有許多小孩跟帶著家人一起過來的人！所以絕對不可以在會給周圍帶來困擾的地方打架喔！」

他現在正逐漸感受到另一種挫敗感。

當武野倉市發生某起炸彈事件時，臼原立下從某位女性手中搶奪引爆開關的功勞。雖然說是功勞，但臼原本人由於剛發生的某起意外而完全陷入激怒狀態，所以記不太清楚整個經過。

只是當他奪取引爆開關時，還折斷對方的手骨造成骨折。於是聽完事情經過的義母，也就是祐希開始對臼原不停地說教。

——「就算是對方持有炸彈這種緊急狀況，你也不可以得意地說自己讓女孩子受傷喔？不過呢，之後沒考慮到會給周圍的人帶來麻煩就開始打架，還把受傷的女孩子丟下不管是怎麼回事！那個叫折原的小弟雖然也很壞，可是步美你也要好好反省！」

雖然臼原自己並沒有印象，但不管是哪種理由，把沒經過鍛鍊的嬌弱女子手骨折斷還痛打她一頓，這件事對他而言也感到相當恥辱。

以前那位名叫阿多村的男性雇主，平常就一直對他說：「從來沒打過架的一般人還有背著書包的小鬼，你可別做出毆打這兩種人的行為。我雖然可能會動手打他們，但你可別出手。摧毀連弱者都稱不上，甚至連抵抗都做不到的傢伙，總有一天會變成扭曲的快樂。那樣會讓你的暴力本質變得遲鈍。」而臼原也打算遵守下去。

對他而言，把自己當成正常人類看待的只有已故的父親，還有那位叫阿多村的雇主。然後，就是現在一起搭計程車的繼母。

因為發生過這些事，所以在臼原薄弱的倫理觀中，她就是無法反駁的對象——

「不過啊，剛才電視上接住界外球的老爺爺，應該跟步美差不多強悍對吧？」

對於母親的詢問，臼原略作思考後，做出這不是說「比自己強」而是「差不多」所以可以接受的判斷後就點頭。

於是她露出滿面笑容點點頭，像小孩子般天真無邪地回答：

「那到時候使出全力也沒關係吧？呃……等我跟那兩個人抱怨完以後，接下來就到寬敞的地方悠哉地繼續打一架……」

臼原在這輛計程車裡跟繼母對話時，逐漸開始察覺。

這位名叫祐希的繼母，並不是腦袋少了一根筋，而是少了非常多根筋。

「最後雙方握手言和！然後大家一起去吃火鍋吧！」

間章　折原臨也是怎樣的人？（緋鞠篇）

磯坂先生，怎麼了？

磯坂先生會來找我說話還真稀奇，記得你以前並不是蘿莉控吧？

……開玩笑的，不要露出那麼難堪的表情。

所以有什麼事嗎？

……問我對折原臨也的想法？

那當然是恨了。

如果那傢伙沒教唆我爸爸……

不，這件事就算了。畢竟已經過去。

遙人非常欽佩那傢伙。

甚至可以說是被他洗腦了吧。

折原臨也並不是可以用惡人或善人來定論的人類。

他只是個麻煩。

會走路的麻煩，會說話的麻煩，活生生的麻煩。
我覺得他光是站著就會讓周遭的人倒大霉，讓人感到無可奈何。
你雖然說他偶爾也會做好事，但那只是剛好有某人的不幸，使其他某人獲得幸福。
所以他跟颱風一樣，跟龍捲風一樣，跟雷電一樣，跟地震一樣。
因為無法抵抗，所以只能靜靜等待他過去。
……我是這麼想的。
但是我聽說了。
是從叫美影的人，還有叫木根的人那邊聽說的。
折原臨也以前曾經輸過。
所以才會從池袋逃出來。
也聽說就是在那時候，受了需要坐輪椅的重傷。
我一開始還不敢相信。
竟然有能對付折原臨也的人類存在。
還有折原臨也原來還是個人類。
所以，我決定不要放棄。
我要待在那傢伙身邊，記住那傢伙的一切。

我要成為折原臨也。
要成為超越折原臨也的折原臨也。
這麼一來，就一定能超越那傢伙。
一定能讓醉心於那傢伙的遙人恢復原狀。
一定能讓家人……一定能再跟媽媽……還有爸爸……

對不起，他們都不在了。
明明都已經不在了。
我討厭折原臨也。
雖然不討厭磯坂先生跟聶可姊，平常很喜歡，但我討厭跟折原臨也共事時的你們。
我更討厭要照顧那種人的自己。
可是，我沒辦法討厭遙人。真的沒辦法。
對不起，磯坂先生。
我得走囉？

磯坂先生應該不是會喜歡看女孩子哭出來的危險人物吧？

三章

比賽暫停

觀眾席

「您是折原臨也先生沒錯吧。」

戴著眼鏡，直接將人們對祕書的印象顯現在現實中的女性，在輪椅專用區向正在跟遙人他們講話的臨也出聲。

這次折原臨也會來到這座球場，完全只是偶然。

雖然是別人給他的門票，但那是跟日期無關的自由席招待券。實際上直到要過來之前，他甚至還在考慮今天到底要看白天還是夜間的比賽。

可是對方卻知道「臨也」這個名字，這代表他們運用某種方法在比賽開始之後，得知自己這邊的情報。

考慮到可能被得知的要素，當然就是聶可駭進無線監視器網路這件事。

坐開始警戒，聶可則是在內心自問自答著：「自己有犯什麼錯誤嗎？不，不可能的。」臨也坐在輪椅上微微轉過頭，朝像是祕書的女性投以無畏的視線並開口：

「哎呀，真厲害。竟然已經查出我的名字了。不過我們這邊倒是不夠努力，所以並不知道妳的名字以及立場。」

再也沒有比「厚顏無恥」更適合形容這種態度的字眼了，接著他用疑問來回答對方的疑問。

「所以呢？冰浦副知事跟瀧岡劉生總經理，是誰要找我？」

像是祕書的女性聽到他這句話，身體立刻僵住。

但那也只是一瞬間的事。或許是判斷再繼續互相試探下去只會陷入泥沼，於是她立刻重新振作起來並老實回答：

「冰浦副知事想邀請臨也先生用餐。」

聽到這句話，臨也露出像是要糾纏住對方的笑容回答說：

「沒問題，正好我肚子也餓了。」

接著他轉頭朝向正裝成局外人的老人，聽來頗愉快的聲音在人們歡呼的空檔響起。

「坐先生！坐先生你肚子也餓了吧？」

聽到這個呼喊聲，坐打從心底厭惡地眉頭深鎖。臨也像是在說「你跑不掉的」般繼續講下去：

「畢竟叫不認識的人推輪椅也不太好意思嘛，不管怎麼說就麻煩你來推囉。」

「真是的，鄙人記得那張輪椅應該有自動功能吧？還記得您曾經不停炫耀過，說這是把國外最高級款式再進行改造的特製品？」

「這是為了節省電池嘛。」

這時似乎是打者擊出長打，球場突然湧現歡呼聲。

背對著人們的狂熱，即使聲音會被掩蓋，臨也依舊開口說道：

「這跟比賽一樣啊。畢竟誰也不知道，到了下一步會發生什麼事嘛。」

「這應該，就是所謂的人生吧。」

♀♂

——那是……

彩葉看見像祕書的女性和身材壯碩的男性兩人組，與折原臨也接觸的光景。

——記得那是冰浦副知事的……

跟身為雇主的男性有私下往來的政治家祕書與保鑣，到底為什麼會跟這邊的監視對象……？

不，正因為是相關人物，才會變成監視對象吧。

在思考這些事並觀察狀況時，有名滿臉通紅的觀眾從稍遠處大喊：

「喂——大姊，給我一杯啤酒！」

「啊……好的！馬上來！」

她立刻轉成營業用笑容，用背後的攜帶型啤酒機，幫自由席的觀眾倒啤酒。

然後收下費用後，立刻離開現場低聲地對無線電說：

「這裡是B32，對象跟VIP席的貴客接觸了。」

♀♂

劉生的辦公室

現在雖然被百葉簾遮蓋住，但從辦公室的窗戶也能觀看到球場中的比賽。

不過有很多事情萬一被外界窺探會很糟糕，所以這扇百葉簾幾乎不會打開。

劉生正把百葉簾的縫隙用手指撐開，觀看其中一部分的觀眾席。

「用肉眼還真的看不見，看來該好好鍛鍊視力了。」

劉生自嘲地說著，在他後頭持續分析球場內隱藏監視器相關資料的珠江，也似乎頗為同意地點點頭。

「果然沒錯，看來那個老人跟孩子們是跟折原臨也一起來的。」

入場收票口的監視器畫面中，映出推著輪椅的少年、站在旁邊的少女，還有走在比較前面的老人一起入場的模樣。

「那個用筆電的女人……看來還蠻晚入場的。」

「這表示晚來的那段時間，她在駭我們的監控攝影機？」

「入侵是更早之前的事情，影像被替換了大概半天左右的長度。」

「這麼說來，那個女人有可能是執行犯？」

劉生平淡地詢問，珠江則靜靜地搖頭。

「這還無法下定論。況且，雨木先生本來今天是休假……如果能知道推測死亡時間就能更精準確認，不過已經沒辦法了吧？」

「是啊，畢竟要完全溶解得花上不少時間。」

這時劉生像是突然想到什麼，開始講些像是閒聊的話題：

「話說回來，現在雖然已經成為用來溶解屍體的主流方法，可是妳知道嗎？電視劇裡頭使用的藥品，實際效果比那些公認效果最好的藥品還要薄弱喔？」

「哎呀，我不太看電視劇，所以不太清楚耶。」

「這就跟把三氯甲烷抵在臉上，就能讓對方睡著的這種迷信差不多。裡頭設下了萬一有蠢蛋去模仿，就必定會失敗的陷阱。那些愚蠢的犯罪者就這麼任憑擺布地走向悲劇之路，完全按照創作者準備好的劇本演出。」

劉生離開百葉簾，看著螢幕上眾多的監視攝影機影像繼續說：

「原本只是電視劇的觀眾，卻誤以為自己支配了這些情報反而遭到操控。雖這相當滑稽又悲哀，但也沒辦法。操控者與受操控者之間，從最初就有明確的一線之隔。」

周圍的男性們還有妹妹珠江，都沒有對莫名情緒高漲的哥哥說些什麼。

雖然開頭不太一樣，但是他們都知道接下來會變成已經聽過好幾次的內容。

「這一線之隔是什麼？沒錯，是敬意！但是，有太多人不了解自己缺少了對何種事物的敬意！太多了！明明再也沒有比這個更明確的答案！」

劉生以宛如演話劇般的語氣，誇張地在房間裡來回走動。

雖然這種情緒相當反常，但是已經習慣的妹妹還有護衛們，都毫不在意地繼續聽劉生大喊。

「是對隱藏了驚奇給觀眾的導演或編劇的敬意？或是對撰寫原作的小說家或漫畫家

的敬意？還是對出錢的贊助商的敬意？」

身為這個球場的「支配者」的男性踏響步伐，並且高喊：

「不對！不對！都不對！」

然後，他像是要講給自己，還有自己所在的「場所」聽似地斷言：

「該付出敬意的對象，是劇院。」

他就這樣雙手抓住辦公桌，同時瞪著投影在布幕上的監視器畫面，並繼續說道：

「撰寫了文章的紙張，電視畫面的框架中。感動與騷動反覆上演，名為網際網路的情報網。歌聲震撼現場的露天舞台與四周擴展的樹林。名為比賽的戲劇正不斷上演的這座球場！」

或許是非常感慨的緣故，他雙手大開朝天花板吶喊：

「我們之所以會演出名為人生的悲喜劇，全都是有劇院這個舞台存在的緣故！正因為有配合舞台的演出，才能讓人生變得更美好！不管是地球、世界還是人類社會，終究都只是基礎！不過是為了建造劇院所打下的地基。建立在這地基上並具有明確目的所產生的空間，才能給予人類幸福！沒錯吧？」

「是啊，就是這樣，哥哥。」

珠江雖然這麼回答，但聲音裡並不帶有感動的色彩。

負責護衛的男性們，大家也都面面相覷。

他們的單純的感想……

——總經理果然不太對勁。

就是如此直接了當。

可是沒人說出口。

雖然十分誇張，但絕非出於演技。想到會直接講出這種話的男人是自己的雇主，大家也覺得束手無策。但同時他們也很清楚。

正因為有這種神經質的性格，他才能光明正大地沾染那些不法行為，在強者如雲的夏瓦集團中嶄露頭角。

可是，認識劉生的人同時也會感到不安。

他深信自己就是支配者。

以這股自信為後盾的行動力，正是他最大的武器。但劉生的野心卻沒有裝上煞車。遲早，當只靠馬力無法突破的高牆或懸崖出現在眼前，必然會發生重大的慘劇。

但劉生自己的眼中，毫無不安之色。

讓他眼中發出光芒的，是對「敵人」的憎惡。還有自己身為球場這個「劇院」的絕對支配者所擁有的自尊。

接著，他把螢幕的畫面轉到冰浦所在的VIP室內部監視器畫面。

這是能收到聲音的特製品，由於安裝在牆上的繪畫還有天花板的灑水器裡頭，乍看之下客人會有「這房間是完全的私密空間」這種錯覺。

連內部對話都能清楚收音，這原本是VIP室絕對不該有的東西。

可是劉生卻表示「正因為要對這個劇院，還有特別的來賓表達敬意」，於是就在所有VIP室裡頭裝了相同的監視器。

「敬意」這個字眼的意思，在他腦中到底是經過了什麼化學變化？總之沒有任何人違逆以個人價值觀持續獨裁的劉生。

因為他們都能理解。

這位獨裁者建立起夏瓦球場這個「劇場」的期間，自己也做出不少骯髒事並享受箇中利益。因此背叛他只會勒住自己的脖子，不會有其他好下場。

從相對上還可以輕鬆出人頭地的時期開始，就給部下套上「項圈」的這個男人，現在把這些枷鎖互相纏繞當作地基，創造出巨大的球場。

然後，為了順從野心而增建自己的「劇院」——他往更為深層的深淵窺探，打算利用一切。

同時早已理解，對方也正在看著自己。

♀♂

VIP室

「我有言在先，這房間恐怕已經被瀧岡監視了。我建議你以此為前提發言。」

還沒報上姓名，冰浦亂藏副知事就先說出這句話。

坐輪椅的男性，對這句話報以無畏的笑容。

「嗯，我明白。那畫框後面有一個，天花板的灑水器感覺上全都各裝了一個吧。灑水器裡的有裝收音器，所以目前我們的這些對話，的確都洩漏給瀧岡總經理了吧。」

伴隨著無畏的笑容，坐輪椅的男性講出「自己知道監視器的位置」，也就是帶有「我們有介入無法公開的球場監視系統」之意。

——既然明白這一切卻又跳進敵陣，他到底在想什麼？

——難道他站在能進行某種交涉的立場？

「所以呢？雖然應該沒必要自我介紹……但先讓我聽聽你打算怎麼辦吧。Orihara Izaya，你有何目的？」

冰浦試探性地詢問，坐輪椅的青年露出帶有嘲笑的笑容告訴他：

「當然是吃飯啦。畢竟我是為了這件事才被引進這房間來的。您貴為副知事，怎麼想應該都不會為了叫一名客人來，還得編出一套謊話吧。」

「……真是狂妄的小子，跟瀧岡有得比。」

「能被拿來跟支配如此豪華球場的球團經營人相提並論，真是榮幸啊。」

「好吧，這裡能請廚師製作料理。雖然上菜要花點時間，但你就好好品嚐吧。」

♀♂

工作人員專用通道

被緊急叫回去的黛彩葉，用啤酒機裡頭空了這種理由離開觀眾席，然後回到觀眾無法進入的工作人員專用區域。

由於啤酒販售部門經理也知道她的特殊立場，所以即使彩葉放下啤酒機後馬上離開，也只是稍微瞄了一眼沒多說些什麼。

經理只有「啊，又有專找麻煩又愛鬧的奧客出現吧」這種想法，接著立刻事不關己似地集中在自己的工作上，並若無其事地聯絡其他販售員去頂替彩葉負責的區域。

有察覺到這座球場背後可疑之處的人，不會刻意跑去窺探那些地方。

為了自己的安寧，他們只要完成自己分內的工作就好。

只不過再怎麼說，他們也不會發現彩葉會跟人類的失蹤，還有處理屍體這種等級的事情有關。

——最糟的情況，就是要把那個叫Orihara Izaya的傢伙解決掉吧。

她快步走在後台倉庫裡頭，輕聲嘆了口氣。

過去「第三調查部」執行過多次殺人或綁架行動。

她主要的職責是誘導目標跟處理屍體，所以沒有執行過直接殺害。

不過只要有指示下來，她擁有能確實給對手致命一擊的自信。

畢竟在被澱岡雇用之前，她從童年起就殺過好幾個人。

她原本是棄養兒，後來被黑社會的人撿來，為了用於「那類工作」方面而被灌輸各式各樣的技術與決心，再徹底實踐。

自己為了生存，好幾次解決掉跟養父們敵對的黑社會人物。但在差不多十五歲時，她被養父賣了。

賣給名叫瀧岡劉生，這個充滿野心的財經界人士。

聽說他在召集能執行骯髒差事的黑社會分子，連戶籍都沒有的彩葉，對他而言是非常好用的棋子。

雖然被賦予黛彩葉這個化名，但戶籍卻是從別人那邊買來的。

雖然有跟負責仲介戶籍，姓鯨木的女性見過面，但她說自己也是用了別人的戶籍，這麼一想這種人似乎出乎意料地多。

離開養父身邊，接受為期一年「融入一般人生活的教育」後的結果，她變得能思考這些事，也能適應人類社會。

沒錯，變得能適應了。

雖然不會因為這樣就對執行骯髒差事有所猶豫，但結束後卻開始會感到空虛。

擔任啤酒販售員時，看到觀眾們心情起伏的模樣，就會時常產生像自己這種人，是否有資格跟他們站在相同空間裡的疑問。

然而事到如今，也無法尋找其他生活方式，她只能漠然地過著從別人那邊買來的「黛彩葉」人生。

由於已經不需要直接動手殺人，所以現在也無法確認自己的技術是否生疏。

順帶一提，把自己培育成人的養父看來果然也是殺手，據稱是某個黑幫的首領——但由於槓上福岡的另一個黑幫而陷入衰敗，最後聽說是被對方一名本領高強又知名的殺手解決掉。

——殺掉義父的傢伙，那殺手是叫什麼名字？

——速……速……？

——是叫「浪速武士」嗎……？可是那樣就變成在大阪了……

自己似乎不會想幫養父報仇，只有「既然死了，那也沒辦法」這種程度的想法。她對人類的生死抱持很達觀的看法。

不過，其他部分就被培育成比較像是人類的心靈。

——雖然那個老爺爺大概有九成機率無法解決掉，不過Orihara Izaya應該能殺掉吧。

在平淡地思考這些事情時，她又想起剛才撞到的少年。

——可是，我討厭讓小孩哭泣。

——那個叫臨也的傢伙，明明帶著那樣的孩子卻還被總經理盯上……

——想必不是什麼好傢伙吧……

她思索著這些事，同時在專用的更衣室換衣服。

脫掉上衣，露出微微浮現肌肉的結實背部。

即使擁有可以長時間背著裝滿後將近二十公斤的啤酒機，也不會感到疲累的肌耐力，卻還是保持著女性特有的線條跟纖細，穠纖合度的模特兒身材。由此可以窺見是自幼接受的教育，將她「創造」成這副模樣。

彩葉沒有察覺到自己這如同雕像般的肉體有多麼特殊，迅速用新衣服把這身肌膚包覆起來。

——好久沒穿這身服裝了……

為了讓自己儘量能潛入球場內部各處，過去學習的技術中這也算是最為特殊的。

這是為了在ＶＩＰ室裡頭進行某種服務的技術——她自己還挺喜歡這項服務的。

以黑與白為底色的工作服，她感覺可以穩定自己搖擺不定的心情。

♀♂

VIP室

「餐點不久後就會送到。不用擔心，比賽才打到中段，請你盡情享受吧。」

冰浦這麼說完就往球場的方向看去，比賽正要進入第四局。

但是臨也從整面的玻璃看出去，卻感受到與剛才有異的不協調感。

雖然只是細微的變化，但對於身懷喜歡人類這種自負的他而言，可無法視若無睹。

「總覺得觀眾的熱情好像降低啦。」

「是啊，因為棟象的四打席連續全壘打被阻止了。」

「原來如此，這我還真的沒注意到。」

第三局進攻時，由於臨也集中於跟聶可講話，所以幾乎沒有注意比賽情況。

只有一次，他感覺到觀眾好像發出沮喪的聲音。只不過他對聶可找到的情報還是比探索緣由優先處理，所以並不知道棟象選手沒有追平紀錄的事。

——啊，抱持期待跑來球場觀戰卻沒追平。看到這情況，那些支持者會怎麼想？

——會覺得自己好不容易都來加油了，因而感到消沉？還是會覺得「該不會是因為自己跑來觀戰，所以才輸球吧？」而垂頭喪氣？會是哪邊？屬於後者這類的人倒是意外地多啊。也就是覺得只要每次自己看比賽實況轉播，支持的球隊就會因此輸掉的人。

——希望這些人務必每天都要即時觀看比賽，我真想看看輸球跟贏球時的反應會有什麼不同。嗯，也真的很想看看連敗時他們會露出什麼表情。

臨也想著這種無聊事，並充滿感慨地點頭。但也許是把這種反應誤認為某種對棒球的複雜情感，冰浦看著走進打擊區的選手開始說：

「夏瓦毒蛇跟巨人還有獅子這些球隊相比，是個才剛加入業界，既年輕又還不成熟的隊伍。正因為如此，需要一名能維持團隊合作，又能帶動比賽流向的球星。棟象雖然擁有充足的球星風格，但是要改變社會上的看法，還需要某種更強勁的衝擊。」

「只要發生藥物或賭博事件，也能改變社會的看法喔？」

「你這人真愛講些討厭的話，這可不是跑來球場觀戰加油所該講的話。難道你討厭運動員？」

「不不不，不管棒球選手陷入何種狀況，我絕對不會棄之不顧喔。不管連續打出三十支全壘打、一個人達成完全比賽、還是兩出局後打出逆轉高飛犧牲打、或是以現役身分沉溺於賭博或藥物，偏離原本充滿榮耀之路也好，對我而言都是棒球選手展現出屬於人類的一面，我最喜歡這些了。棒球萬歲。」

「這下我倒是很明白你看不起棒球了。」

「雖然是我出生前的事，但那場鑽選秀會系統漏洞，利用『空白的一天』簽約的大騷動（註：指一九七八年發生的江川卓事件）真是太棒了。啊，為什麼當時我還沒出生？為什麼無法親眼目睹參與那場選秀會的人臉上的表情，真是後悔——」

「夠了。」

當冰浦直接打斷臨也的話時，房間的門被敲響。

「失禮了，我送來各位久等的餐點。」

是名年輕女性的聲音。

「嗯，進來吧。」

身後的門開啟了，但臨也依舊讓輪椅朝向窗戶的方向。

然後對球場上一喜一憂的觀眾和選手，投以關愛的眼神。

觀眾們當下心中所想的，是攻擊與守備時對於支持球隊的期待。基本上，每一打席的勝負大多馬上就會產生結果。

不管是出局的呼喊聲，還是在界內滾動的白球，或者是全壘打還是觸身球。

在不同的發展下，聲援勝者與聲援敗者的人，同時都會暴露出自己的情感。

臨也非常喜歡這種相反情感同時激盪的瞬間。

如果可以，他很希望主客場雙方隊伍的聲援人數可以剛好各一半。又或者最好能讓兩邊客人充滿悲喜的表情，映在巨大的電視牆上。這是非常亂來又惡劣的期望。

接著，旁邊有人向他出聲：

「失禮了。如果有想喝的雞尾酒，我可以為您調配。」

察覺到有人向自己出聲後，臨也這時才第一次往送料理來的女性那邊看去——

他突然像是打嗝般，整個喉嚨彷彿堵住了。

「？」

看到表情雖然沒變，但全身明顯突然僵住的臨也。換上酒保服的黛彩葉在內心感到疑惑。

——啊，怎麼突然有好大的破綻。

——趁現在，應該就能順利殺掉他……

但是看到站在旁邊的老人後，她立刻捨棄這個想法。

——啊，還是不行。

——用小刀割斷Orihara Izaya的喉嚨前，我的頸骨會先被折斷。

開始想像自己解決掉對方的瞬間，像是執事的老人衝進這段想像中，對方只用手刀就折斷自己頸骨的模樣浮現在腦海。

——我果然辦不到。

護衛折原臨也的老人——坐傳助，並沒有隨時釋放出殺氣與壓力。

光是能察覺到常人看來應該已經完全隱藏的實力，彩葉的感覺就足以稱之為異常了。但她沒注意到這種才能，反而開始覺得自己說不定只是個廢物。

「？怎麼了？你臉色很難看喔。」

臨也看見服務生的瞬間，浮現出動搖的神色。冰浦訝異地出聲詢問。

這時臨也回過神來，露出跟平常沒兩樣的笑容搖搖頭。

「咦？啊，抱歉啊。沒什麼大不了的，我只是對酒保的制服有些心理創傷。」

「要怎樣才會對酒保制服有心理創傷啊……？」

「哈哈哈，這有什麼關係嘛。」

臨也像是要蒙混過去般笑道，然後看著身穿酒保服的女性。

「不，酒類就不用了。請幫我用雞尾酒杯裝烏龍茶。」

「我明白了。」

女性恭敬地行禮，然後走向房間裡設有吧檯的區域。

目送她離去後，冰浦開口說：

「你不喝酒？」

「我生性膽小嘛。可沒有那種特地跑進危險場所，還讓酒精進入體內的膽量。」

聽完這句語帶諷刺的話，冰浦呵呵笑著回答：

「你還有這種程度的危機感啊……不過，這間ＶＩＰ室還真了不起。房間裡竟然還準備了吧檯。」

「是啊，池袋比較大型的卡拉ＯＫ裡的宴會用包廂，也是這種感覺喔？」

臨也完全恢復成從容不迫的態度，然後把輪椅移動到沙發旁邊。

接著裝有烏龍茶的雞尾酒杯送過來，臨也接下後對著冰浦高舉起來並說：

「敬本縣的繁榮。」

接著又把酒杯朝向裝有隱藏攝影機的畫框說：

「並祈求毒蛇隊能獲勝，乾杯。」

♀♂

劉生的辦公室

「還真小看人，這代表他是如此從容不迫？」

透過監視攝影機看到臨也乾杯的模樣，讓瀧岡揚起嘴角。

可是，他的眼神跟嘴巴相反，完全沒有笑意。

「他以為我們什麼都辦不到嗎？……難道他沒注意到自己身處於只要我們對黛下達指示，心臟跟頭頂立刻會被冰鑿刺穿的狀況？」

「對了，以前有過一個叫冰鑿湯普森的殺人魔耶。」

配合哥哥所言，珠江婉轉提起已經成為美國都市傳說的殺人鬼話題。

「是啊，那真的非常棒。犯人直到最後都沒查出來，甚至被稱作美國版的開膛手傑克。犯人手法雖然相當完美，但如果不是為了追求快樂，而是單純把殺人當成買賣，那就得扣分了。」

「這是什麼意思？」

「如果他真的是支配殺人劇這個舞台的人，只要不是有什麼特別扭曲的興趣，事件本身應該就不會發生了吧。對，重要的是什麼該讓觀眾看見，什麼不該讓他們看見。也就是能站在選擇這些取捨的立場上，才是真正運作劇院的人。」

「原來如此。你說得沒錯，哥哥。」

其實珠江內心並沒有什麼「原來如此」的感覺，但她判斷跟情緒高漲到如此狀態的哥哥說什麼也沒用，於是輕輕帶過。

另一方面，她自己開始接收外部的情報，試著去理解折原臨也這個人。

「……那個叫折原臨也的男人，以前似乎還挺亂來的。他隸屬於名叫DOLLARS的獨色幫……雖然只是街頭傳聞，但聽說他國中時代還曾經用小刀刺傷過同學。」

「哼，簡單地說就只是個人渣吧。」

劉生嗤之以鼻笑道。但實際上，他對這個名叫折原臨也的男人也頗為提防。

對他來說，最安全的地方不就是眾目睽睽的觀眾席嗎？

不管計畫成功或失敗，原本以為折原臨也會在比賽結束後，混入滿溢而出的回家人潮裡消失無蹤。沒想到他竟然會那麼乾脆地接受冰浦副知事的邀請。

「他在想什麼？目標是什麼？為什麼會跟小孩子在一起……」

劉生思考著這些問題，突然停下動作，他在稍做思考後對珠江下達指示。

「……珠江，可以拜託妳一件事嗎？」

「什麼事，哥哥？」

「如果折原臨也跟冰浦副知事的談話就要圓滿結束，可以請妳去輪椅專用區把那些孩子們帶過來嗎？理由就說……『折原臨也哥哥叫他們過去一下』這樣就好了吧。」

「哎呀，是要我去演齣戲？現在不去沒問題嗎？」

「嗯，畢竟交涉也有可能馬上決裂，到時冰浦副知事就會把折原臨也解決掉。」

珠江語帶諷刺地說著，劉生則打從心底發出笑容對妹妹宣言：

「如果黛沒去辦事，我就會把這個角色安排給她……現在就讓我期待妳的名演技吧，珠江。」

♀♂

觀眾席

臨也不在的輪椅專用區裡頭。

現在這邊只有還坐在陪同人用的折疊椅上的聶可，到處東張西望的遙人，還有站在原地好像一臉達觀的緋鞠。

「聶可姊姊，我問妳喔。臨也哥去哪裡了？」

「地獄，他去地獄啦。嘻嘻。」

聽到聶可這種完全不正經的回答，讓遙人感到困惑。

「臨也哥他是好人，所以不可能會去地獄的！……啊，我知道了！他是像釋迦牟尼一樣，去放下蜘蛛絲了對不對！」

「……真虧你知道那個故事。」

對遙人那種某方面有時會特別淵博的知識感到佩服後，緋鞠往位於體育場一角的VIP席看去。

由於太過遙遠所以肉眼無法看清楚，但總覺得那邊有東西在蠢蠢欲動。

她拿出用剛才臨也給的零用錢購買的小型雙筒望遠鏡，緩緩地抵在眼睛上。

「啊！緋鞠妳買了那個喔！好好喔——好棒喔——！」

於是像是新聞記者的人們所在的位置上方，有一排特別大的窗子並排著。她從裡頭確認到一名站著，看起來像是坐的身影。

——是那邊啊。

——真受不了，既然要裝成監護人，那就給我好好照顧遙人到最後啊。

在心中抱怨這些事情後，緋鞠向聶可詢問：

「妳還在調查什麼？」

「嗯——？還好啦，只是覺得瀧岡身邊，怎麼好像有很多失蹤的記者跟黑道——」

「調查那麼危險的事，那樣聶可姊姊才真的會被殺然後下地獄喔。」

「嘻嘻，說得也是。可是我停不下來啊——就算被說『別抽菸，會生病的』，也還是戒不了菸的人就是這種心情吧——」

聶可以體育課坐姿在折疊椅上聳聳肩，像是要跟緋鞠炫耀——不，她確實只是為了炫耀才開口：

「妳看妳看，這是追蹤瀧岡跟政治家密切往來的記者留下的資料喔——雲端上還剩下不少。除了瀧岡還有很多政治家的危險情報，真是挖到寶山啦——厲害吧？」

「……為什麼要拿給我看？」

「就算給遙人看，他也只會說『這我不太懂耶』或是『好厲害喔！』嘛。」

「什麼什麼？你們在說什麼？」

聽見有人在講自己的名字，遙人從聶可背後看著她的筆電。

「你看，這是大概已經死掉的人，留下的日記跟各種東西喔——」

「欸——！雖然搞不太懂，但是聶可姊姊好厲害喔！」

遙人依舊滿面笑容，講出幾乎跟聶可的推測差不多的話來。

接著說出「啊！輪到棟象選手的打席了！」之後，遙人就往自由席的前方跑去。

緋鞠看著他的背影嘆了口氣，用受不了的眼神瞪著聶可。

「所以呢？揭露死人的祕密很有趣嗎？」

「超棒的，嘻嘻。」

聶可這麼說著，同時在電腦畫面上接二連三地把「跟瀧岡扯上關係後失蹤人物所保有的資料」收集起來。

雖然死後被處理掉的電腦，或是連電源或電波都沒有跟外界連接的電腦就無法偷窺其中的資料。但殘留在伺服器上的郵件資料或是之前隸屬組織的網路等，對聶可而言都跟沉睡在無主沉船裡的大量財寶沒兩樣。

「聶可」這個名字雖然是她自己取的假名，但由來卻是來自過去同行駭客們幫她取的綽號。

她最擅長的，是搜尋網路上的「遺物」拿來當成自己的東西使用。

剛死的人遺留的網路信箱、信用卡、網路貨幣還有雲端服務裡頭的資料。在這些大量資料與帳號中，利用有些沒辦理死亡手續，或是跟死亡無關的殘留物，讓人以為人死復生在網路上活動了，正是她的拿手好戲。

雖然無法追蹤到聶可本人，但駭客們察覺到這些事恐怕是出自同一人之手，於是幫她取了「死靈法師（Necromancer）」或是「戀屍者（Necrophilia）」這種稱呼。有些人出於佩服，有些人出於敬畏，有些人懷抱敵意，有些人則成為她的粉絲。

但是她自己則把這些稱呼用「太長了又不可愛」為理由全部否決，自己取開頭的讀音「聶可」這個略稱當成名號繼續活動。

就在某一天，她開始搜尋「折原臨也」這個男人留下的資料。

以池袋和新宿為據點，有如都市傳說的情報商人。

聶可聽到他被俄國人殺手解決掉的傳聞後，馬上為了獵取大量資料，而潛入網路大海的最深層。

但是——她在這邊遭到陷阱的襲擊。

那是她首次經歷到的「敗北」。

九十九屋真一。

雖然知道這個名字是位專欄作家，出了好幾本有關於東京街頭的書籍。但也是完全找不到其他任何情報的神祕駭客。

當她想要駭進折原臨也過去管理的資料伺服器時，就遭受到這名男子的完美反擊，電腦系統也被轟炸成七零八落的狀態。

想要修復時，才發現損害都在能輕鬆修復的範圍。可是各種資料裡頭，都很仔細地被留下「抱歉喔，小姐。這是從那傢伙那邊接下的工作。不過這下子總算能交棒啦。

啊，對了，我的名字是九十九屋真一。折原臨也的技術可沒到這種程度，妳可別搞錯啦？」這種奇特的文章。

——被耍了。

被實力遠超過自己的駭客徹底玩弄，還被寄予同情讓資料處於方便修復的狀態，而且最後還被報上名號徹底看扁。這些事實擺在眼前，讓聶可悔恨地蓋起棉被不斷哭泣。

過了幾個月後，好不容易重振精神打算重新開始活動的某天，她家的門被人敲響。

終於連警察也跑來了吧。

雖然被九十九屋逆向入侵時，就已經做好覺悟了——

開門後，門口是一名坐在輪椅上的男子。

——「嗨，妳真厲害啊。雖然九十九屋有把概況用郵件寄過來，但如果是我大概早就被剝個精光了。」

——「人脈真的很重要啊。如果覺得自己不是專家，那只要跟真正的專家交朋友就好。不過九十九屋聽到了，大概只會說『我可不記得有跟你當朋友』這種話吧。」

那名男子說自己叫折原臨也。

本來以為已經死了，看來似乎在半死不活的情況下得救。

——「聽說人家稱妳為死靈法師啊。」

——「看來我死掉的傳聞已經傳開了，所以妳想不想利用我的屍體……也就是殘存的資料開始做些買賣？」

回想起這些過去的同時，聶可更進一步搜刮資料。

同時，電腦畫面右方也映出監視器的畫面。

——真是的，竟然自己跳進地獄裡。臨也你真是變態耶。

她剛才對遙人講的話，完全不是比喻。

對方知道我們偷窺了殺人現場，而他卻還同意對方的邀請。這不管怎麼想都只是去自殺。

雖然覺得有筆電的自己沒被一起帶去，讓她感到不可思議。說不定臨也是打算讓自己自由行動。

——他難道沒想過這段期間，我會把剛才處理屍體的影片散布到網路上？

——不過，我不會做那麼無聊的事啦。

她嘻嘻笑著繼續工作，最後終於找到某項資料。

那是追查瀧岡的自由記者所留下的採訪資料。

——中大獎了。

——好吧，該怎麼辦？總之先別管臨也，寄封郵件給磯坂先生會比較好吧。

——臨也打算拿這個怎麼辦？

——或者說要是太深入這種事，我想毫無疑問地會被招待去東京灣旅行，而且會有水泥塊陪同。

——也罷。到時候就讓我好好運用那傢伙的屍體（資料）……吧。

——就跟接下九十九屋的工作時所訂下的契約一樣，嘻嘻嘻。

♀♂

VIP室

「好啦，餐點也吃得差不多了。讓我們繼續進行交涉吧。」

球場上的比賽，已經進行到六局下半。

毒蛇隊的戰況可說是時好時壞。跟對手的隊伍陷入膠著後，觀眾席的熱情大致上也已經恢復。

「哎呀，我們是來交涉的？這還是頭一次聽說耶。」

聽到手上還拿著刀叉的冰浦這麼說，臨也微笑道。

「那麼，讓我們從這邊開始交涉吧。折原臨也，誰是你的後台？」

「沒有人當我的後台……雖然很想這麼說，但我只是一介情報商人。硬要說起來，當時雇用我的人就是我的後台……應該是這麼回事吧。」

「這樣啊，那這樣事情就很單純了。」

冰浦移動身體使沙發吱嘎作響後，他對坐在輪椅上的青年露出虛假的笑容。

「就讓我來擔任你的仲介人吧。」

「你說……仲介人？」

「是的，雖然不清楚你到底有沒有發現，但你現在正是如履薄冰，而且還是沸騰的岩漿上那一小層薄冰。不管何時溶化都不奇怪。」

「那還真讓人頭大，不知道該結凍還是該滿頭大汗。」

「你把這次取得的所有情報都交給我。這不會虧待你的，我會去說服瀧岡讓所有人都能獲利。」

聽到冰浦坦蕩地講出這些話，讓臨也抬頭看著天花板的灑水器回答說：

「原來如此原來如此，這真是令人感激的提議。只不過……」

「你有什麼不滿？」

「關於『那件事』方面，冰浦副知事您握有可以全權決定如何處置我，以及今後生意上相關事項的主導權嗎？」

「……」

冰浦陷入沉默，臨也繼續說下去：

「再說『那件事』的商業夥伴，應該不只是您吧？像我們這樣的新人，真的能踏入那塊領域嗎？」

在吧檯聽見這段對話的黛彩葉，也從臨也的言行舉止中感受到詭譎的氣氛。

——「那件事」是……

——難道，這個叫折原臨也的男人也跟「那個」有關？

——雖然覺得他並非一般人，但是到底有多大的組織在當他的後台……？

——這位老爺爺，果然是那個組織派遣來的強悍殺手之類嗎……

——可以到那個年紀還沒被殺並存活下來，應該就是如此恐怖的人物吧。

另一方面，坐則是在臨也旁邊聽他們對話，為了不表現出內心想法而拚死忍耐。

——這男人真是不可置信。

聲勢。

——什麼叫「那件事」啊。明明根本什麼都還不知道，虧他能這麼光明正大地虛張

——唔？

——那個當酒保的女孩，正在看這邊……雖然現在並沒有殺氣。

——從剛才稍微嚇她，就很乾脆地退下看來，似乎只是要測試我們……不過……

坐依據過去的經驗，看到販售啤酒的女性走路的方式與視線動向，立刻看穿她是名戰鬥專家。

然後，這次她換上酒保服出現，恐怕是球場這邊派來監視臨也，或者是接下殺害指示的殺手吧。坐如此判斷後開始戒備。

——可是明明比聶可小姐還要年輕，卻圍繞著似乎已經殺過好幾個人的氣息，這世道真是令人感嘆。

——不過，在臨也閣下這種騙徒還能作威作福的時代，這也是無可奈何吧……

不知道這兩人完全相反的評價，臨也繼續喋喋不休地講著「不知內容的交涉」。

「何況，這根本沒有保障吧。當我們這邊亮出手上所有的牌，你搞不好會判斷說『這樣子可以處理掉』，然後那邊的保鏢立刻會拔出手槍。想到這種可能性，我就害怕

到不敢把情報說出來了。」

「你以為在這裡什麼都不說，他就不會拔槍嗎？」

「如果發生那種不幸的事故，然後我還死掉，只會讓你在一九九六年做過的事被公諸於世喔。」

冰浦的太陽穴不禁抽動了一下。

臨也講出來的，是剛才聶可給他看的逃稅資料年份。

雖然完全是虛張聲勢，但對方立刻對年份有反應，歪曲的情感在腦內四處奔走。

「……原來如此，是衝著我來？你從一開始就知道我今天要在這裡進行『那個』的交易，所以才來到這球場。」

「請回答我們的問題，你跟『那個』的關係到底有多密切？」

「……我交易的只有『舞台美術』跟『小道具』而已，完全沒有去碰『燈光』跟『臨演』。畢竟我自認為沒那麼邪魔歪道。」

雖然混雜著跟對話兜不起來的字眼，但臨也完全不以為意，彷彿完全理解其中含意般開口：

「哈哈，光是對『燈光』跟『臨演』視若無睹就已經很邪魔歪道囉。」

「你這傢伙……」

「當然，我也是個邪魔歪道。同為邪魔歪道，搞不好確實會比較合得來，工作上的交易要成交的機率也會很高吧。」

稍做停頓後，他又再次朝向天花板的灑水器，正確來說是朝著裝置在那邊的監視器鏡頭與竊聽器說話：

「不過也要這座球場的總經理，是個度量大到足以接納我們的人才行。」

♀♂

劉生的辦公室

「……還真敢講，不過是個骯髒的殺人犯。」

講出完全把自己做過的事當成沒發生的發言後，劉生露出大膽的笑容。

「他跟明日機組交易時，也是這種感覺？」

被詢問的對象，是一開始指出臨也存在的前明日機組組員，也就是那名男性護衛。

「沒錯，雖然表面上很恭敬，但是卻隨時都擺出一副好像把我們都看透的表情……該怎麼說呢，就是認為一切事情都會照自己的意思發展的感覺。組員間都覺得他是個囂

張小鬼，所以評價也不太好。他會轉去跟粟楠會交易，說不定就是察覺到這種氣氛。」

聽完部下的話，劉生發出竊笑並搖搖頭。

「度量……竟然問我有沒有足夠的度量？當然有啊！」

然後，他隔著螢幕狠狠瞪著臨也斷言說：

「但是折原臨也，你就不行了。測試他人是懷疑對方尊嚴的行為。這其中沒有敬意可言，你已經親自證明，自己不過是個以人類自居的禽獸。」

列舉出支離破碎的理論後，劉生誇張地搖搖頭。

「絕不能讓禽獸踏上我們的舞台。更不用說是把雨木……把我最重要的部下雨木啃噬殺害的禽獸。更何況，他還用那種威脅信想踐踏我們的尊嚴。」

然後劉生整理一下衣領，對部下宣布：

「也罷。等他供出自己的飼主，最後再測試他是不是我們也能馴養的野獸。」

「如果能照我的劇本，把跟他同行的執事跟那些孩子射殺，那也許還能利用。」

♀♂

VIP室

「好，多謝招待。您能陪同讓我倍感榮幸，冰浦副知事。」
「……商談不是還沒結束？」
冰浦想把挽留他，但臨也緩緩搖頭。
「很遺憾，如果瀧岡總經理不在，這件事也不會有進展吧？」
「雖然是這樣沒錯……」
「不過，希望瀧岡總經理到九局下半前，能給我們一個答案就好。而且，我這邊也需要處理各種聯絡。」
冰浦似乎是覺得臨也的話很合理，於是點了點頭。
「期待之後見面時，你的雇主會報上自己的名字。」
然後他好像很佩服地觀察輪椅上的青年，並且說：
「可是這感覺真是奇妙。你的態度太過坦蕩，甚至會誤以為你是想跟我們有所聯繫的組織首領。」
「怎麼會。」
臨也露出像是自嘲的笑容，輕撫著輪椅的扶手。

「我只是名情報商人。是依照雇主的意志行動，一個微不足道的傀儡。」

「話雖如此，但你真的打算執行那封威脅信的內容嗎？」

威脅信。

這個第一次聽見的字眼，讓打算去推臨也輪椅的坐突然停止動作。

這對臨也來說應該也是首度聽聞的情報，他到底打算怎麼辦？

當坐思考這些事情時——

折原臨也露出跟平常沒兩樣的表情，依舊若無其事地回答：

「這個嘛，就算我有送出那封威脅信，但你覺得有可能在這裡說出『那封信是我送去的，不過由於已經開始交涉所以不會實行』這種話嗎？」

「說得也是，真是問了個蠢問題。」

「嗯，我跟您還有總經理什麼都不知道。沒有什麼威脅信，地下倉庫也沒有發生任何事件。這樣就好了，對吧？」

「真是個老奸巨猾的男人。」

冰浦講出同時含有褒貶的評價。

另一方面，坐則在心中給予臨也「果然是個非比尋常的騙子」這種定位。

沒有絲毫焦慮，即使是第一次聽見的字眼也能輕鬆地拿來配合對方的話題。讓人開始抱持這個男人的本性，是不是真的跟常人不太一樣的疑問。

也不知道臨也是否明白坐內心的想法，他讓輪椅自動行進，並且對副知事輕輕揮手後就離開ＶＩＰ室。

「那麼，讓我們等會再見吧。」

「喂，送他們回原本的位子。」

「是。」

男性護衛點點頭，走到臨也與坐的前方。

「不不，不用您這麼費心喔？」

臨也這麼說完，冰浦搖搖頭。

「不用在意。如果你不小心跑到別的房間就不好了，這對彼此都是如此。」

簡單地說，就是「我會盯著你，所以給我乖一點」的意思吧。

臨也感受到自己完全不受到信賴，對此似乎頗開心地揚起嘴角，然後在輪椅上對冰浦行個禮。

「這麼說也沒錯。那麼，感謝您的好意。」

就這樣，狸貓與狐狸最初的互相試探到此結束。

只不過雙方連要互相搶奪什麼獵物，又或者是否可以聯手合作都還無法確定。
要說這兩人有何不同——就只有折原臨也對於這種漫無目的的狀況，感到無比愉悅吧。

♀♂

觀眾席

「小朋友們，可以耽誤你們一點時間嗎？」
「是！請問有什麼事？」
「……」
珠江一出聲，少年這邊就把那天真無邪的臉龐靠過來，少女則是訝異地看著這邊然後站著不動。
——是這群孩子……沒錯吧？
珠江感到疑惑，從隱藏式攝影機的螢幕看到的應該是這兩個人吧？
畢竟是禮拜六的夜間比賽，球場裡的小孩子絕對不少。
——再說，那個哥德蘿莉女跑去那了？

——剛才以監視器確認時明明還在……

裝在右耳的耳機型通訊器，傳來哥哥的聲音。

「折原離開ＶＩＰ室了。動作快，從Ｂ４通道繞回來。」

聽到這個聲音，讓珠江展現出細微的焦躁感。

但是這種感覺立刻從表情中消失，她對眼前這兩人講出能同時確認他們就是目標對象，又可以引誘對方的言詞。

「你們是跟折原臨也先生一起過來的對吧？……折原臨也先生要找你們過去，可以請兩位跟我一起過去嗎？」

珠江講出連小學都會警告學生，完全是「綁票手法」的話來。

想當然耳，少女露出明顯的懷疑眼神看著她——

但是少年這邊卻好像不懂懷疑，他眼神閃爍著光芒點點頭。

「真的嗎？我馬上過去！緋鞠也要一起過去嗎？」

「……當然不可能過去吧。」

「咦？為什麼？」

「臨也要是叫我們過去，才不會派人過來。更重要的，這跟剛才來找臨也的眼鏡女不同人……」

對於平淡地列舉出可疑理由的少女，珠江說聲「這麼說也是」並嘆了口氣後，接下來就露出爽朗的笑容往緋鞠走近一步。

「真是有些小聰明的孩子。既然如此，這樣做應該會比較有效吧。」

然後珠江把臉靠到她面前，將自己衣服下襬內側——也就是掛在裡面的小型手槍展示給她看後，以冷酷的視線低聲說道：

（要是不乖乖跟來，我會用這個對妳的小男孩朋友開火喔？）

♀♂

球場前「夏瓦路」

這裡是有售票亭、禮品販售店以及球團週邊商品賣場並排的球場前購物區。

有一對母子，在這邊角落的計程車乘車處下車。

「沒想到這麼早就到了！才花不到一小時啊！」

「……」

「太棒了，步美！這下子應該能悠哉地看比賽吧？」

臼原對於繼母好像早已忘記目的的這句話感到疑惑，同時抬頭看著比自己的巨大身軀，還要高上幾十倍的開閉式巨蛋球場。

折原臨也和坐傳助就在這裡。

至少在一局上半時，確實在這裡。

「……」

想到能一雪當時的恥辱，臼原臉上自然就流露出笑容。

雖然只是動機極為單純的笑容。但是從第三者看來，繃帶、傷疤、夜晚這個時間、原本就一臉凶相這些眾多要素，都讓他的笑容變得活像是個凶惡殺人魔。

雖然周圍每個人一見到臼原的臉就嚇得發抖逃跑，但他早已不在乎那些人。

「步美，那我去買票了，你稍等一下喔。」

雖然聽見繼母天真無邪的聲音，但他刻意不往那邊看。

這位繼母無論如何都會讓自己變得不知所措，感覺越是去應對，自己對於爭鬥的純度就會變得越低。

臼原內心懷抱著這些想法，抬頭看著被燈光照亮的球場——

但是下一瞬間，那座球場消失了。

「？」

不只臼原，周圍的行人與位在售票亭的祐希，都因為這突來的異變而瞪大眼睛。

不過，實際上球場不可能消失無蹤。他們立刻明白，這只是看起來像是消失了。

先前一直照亮夏瓦球場的眾多照明設施，它們的光源同時消失。

♀♂

大王TV　棒球實況轉播

「這裡是轉播台。呃——現在夏瓦球場內部似乎發生大規模停電。這邊目前是使用攝影機內部的緊急用電源來拍攝，同時透過外部轉播車把轉播台的聲音傳達給各位。哎呀，球評笹柱先生，這種事也是會發生啊。」

「哎呀，真是嚇一跳。先不管夜間照明，但至少通道還有觀眾席的燈光，應該都要有緊急電源才對……」

「看來球場的電力系統似乎出了什麼問題，等修復之後比賽就會重新開始……」

♀♂

十五分鐘後　ＶＩＰ室

「……這修復也花太多時間了。」

咚，冰浦副知事用手指敲響扶手，同時皺起眉頭。

「錦野還沒回來嗎？」

他所說的錦野，就是那名送臨也離開的高大護衛。以時間來說，就算在停電前回來也不奇怪，但是卻還沒看到他的人影。

只不過如果沒有祕書手上智慧型手機的手電筒功能，就算錦野回來，也是連他的臉都看不見。

「這種停電的情況下也不能隨便走出去，不知道為什麼緊急照明燈都沒亮。」

「……連緊急照明燈……也是？」

戴眼鏡的祕書講的這句話，讓冰浦內心開始感到些許忐忑不安時——電力突然恢復，內部的日光燈跟球場的夜間照明設備一起恢復。

觀眾席傳來歡呼聲，不知是出於從不安中得到解放，還是比賽能平安繼續進行。

在此同時，球場開始廣播。ＶＩＰ席裡也響起平淡的事務性報告。

「對各位觀眾造成不便，謹在此致上最深的歉意。比賽將在五分鐘後重新開始。」

「這樣錦野也會回來了吧……去看看情況。」

「是。」

祕書點點頭，精神抖擻地往外頭走去——

在開門後經過片刻停頓，接著尖銳的慘叫聲就響徹ＶＩＰ室。

「！」

冰浦跑過去一看，在那邊的——

是整個人坐倒在地，不斷發抖的祕書。還有頸骨被折斷而喪命，化為屍體的錦野。

間章　折原臨也是怎樣的人？（坐傳助的情況）

折原臨也閣下是位什麼樣的人物？

這還真是麻煩的問題。

喔，您是偵探？

然後想要知道臨也閣下的事情。

嗯，畢竟沒有禁止，那至少讓鄙人行使一下言論自由吧。

用鄙人的主觀就行嗎？

還是說會需要講解他在社會裡會扮演什麼樣的角色，這種客觀的言論？

嗯，主觀是嗎？

那就簡單了。

他是個被養育成無比乖僻，只有門面修飾得很好的五歲孩童。

而且您可以把這名五歲孩童，想像成心目中性格最糟糕的小孩。

他是個能理解身為小孩就會處處受到原諒，並且毒辣地利用這種事實的聰明小鬼。

如果要問我討不討厭他，那當然是會回答討厭吧。

如果沒有工作上的契約跟對鄙人家族的恩義在，鄙人說不定就會搶先把他那纖細的脖子折斷。

鄙人覺得自己至少也該成為一道煞車。

他的行動真的是無可救藥。

明明擁有躲在安全地點的能力，卻非得要自己跳到敵人面前才會甘願。應該說他是個有如戰鬥狂般的鬼童吧。

問題在於，臨也閣下本身完全無法進行肉搏戰。

我有聽過以前的傳聞。

他好像會運用名為「跑酷」的技術，縱橫馳騁地在街頭飛躍穿梭，小刀也能操作自如地切刺對手。但由於現在身體狀況變成那樣，所以無法做出相同的行動。

可是，那個男人甚至連那種束縛都在享受。

醫師雖然對他表示只要有想要治好的意志，說不定就能再次四處跑跳。但是就目前看來，他似乎不打算走這條路。

雖然喊著這是給自己一個警惕，但他心中說不定是在害怕吧。

害怕變回過去的自己，跟再度回到身為故鄉的那個城市裡。

池袋。

聽說對他而言一切都從那個城市開始，也都在那個城市裡結束。

事情經過也大概知道一定的程度。

不過話雖如此，那全是自作自受。光是沒被殺，他就該感謝池袋這城市的慈悲了。

但是自從那個事件後，臨也閣下似乎變得比過去更執著於「人」身上。

以前他雖然準備了許多不即不離，然後又很方便的「棋子」，但近年來可以說是改為追求像鄙人這樣能代替他「完成自己辦不到的事情」的人。

不過身為老朽之身，有些事情也是因為活得久才能參透。

那個的……名叫折原臨也的這個人，他的本質完全沒有任何改變。

鄙人沒有直接見過那個男人以前的模樣。雖然沒見過，但即使如此，鄙人還是能看見貫徹在他體內那絕不會改變，有如信念般的事物。

普通人大多不會擁有那種「信念」。

如果至少在他體內的這種信念，是正面的就好了。

不，就算是完全的邪惡，說不定都還有幾分救贖。

但這是不可能的。

折原臨也所擁有的信念，並不能以善惡的形式來畫分。

雖然以結果而論，被斷定是「惡」的行動比較多。但全都只能看鐘擺晃向哪一邊。

不管晃向哪一邊，臨也閣下的行動對某人而言都會成為「惡」吧。

鄙人能做到的，就只有盡量抑制鐘擺搖晃的幅度。

可是，鄙人實在很不擅長這種工作……

至少折原臨也閣下如果能對某人抱持愛戀情感，說不定就會有所改變……

應該不可能，結果還是不可能吧。

偵探閣下，您能想像嗎？

比如說，那個折原臨也對某位楚楚可憐的女性一見鍾情。即使捨棄一切也要把自己奉獻給她，相對地也想從那位女性身上享受到一切，這種為情所困的模樣。

哎呀，不過這樣說不定反而比較好。

請想想看。

那個不擇手段的怪人，要是真的只愛上一個人類。

想必那個男人真的就會成為「惡」吧。

光是為了把對方納入掌中，我想他會毫不猶豫地摧毀世界跟殺人，即使把社會搞得

一團亂也在所不惜。

因此，說不定我們要感謝自己很幸運。

那個叫折原臨也的人，一視同仁地愛著名為人類的種族，是個扭曲的博愛主義者。

嗯，偵探閣下。

要向鄙人打聽折原臨也事情的不是別人，就是折原臨也自己吧？

不，無所謂。請您就這樣轉達給他。

沒必要重新檢視自己，因為您已經無法恢復正常。

至少讓鄙人坐傳助，在您真正陷入瘋狂時給予最後一擊。

不，即使鄙人無法辦到，那位身穿酒保服的男子這次就真的會殺掉您吧。

就是您所說的，放棄當人類的可憎怪物。

不過從鄙人看來，有可能成為怪物的人是您喔，臨也閣下。

怪物總有一天會被人類追殺。

希望直到鄙人壽終正寢時，您還能繼續當個人。

這是為了遙人閣下還有緋鞠小姐著想。

更重要的，也是為了您自己著想。

四章

兩出局滿壘

劉生的辦公室

「還真的下手了。」

聽到報告的瀧岡劉生，聲音極為平靜。

可是，他的眼神中有猛烈的憎恨之火。

「不過，結果是怎樣？這樣可以當成符合預告嗎？正確地說並不是『ＶＩＰ室』裡，而是『ＶＩＰ室前的通道』才對？」

「說起來，相信威脅犯的預告本身就沒意義吧？」

珠江這句話，讓劉生以右手遮口並思考後，嘆出一口大氣。

「怎麼會這樣，他們居然連自己設下的遊戲規則都會打破啊……算了，絕對不能再讓那群輕視舞台的傢伙繼續為所欲為下去。」

「可是，真的是那些人幹的嗎？光靠坐輪椅的男人跟老爺爺，就算兩個人一起上，怎麼想也不太可能解決得了那名護衛。」

「……雖然也想過輪椅只是偽裝他其實還能走路，但是那種體格……至少有我們警備部門那些人的體格就還能接受。」

「不過，我也不覺得折原臨也能殺死雨木。應該還有其他像是執行部隊的人混進來吧，就像我們的第三調查部一樣。」

珠江這麼說著，然後怒目瞪著辦公室裡排排站好的十幾名成員。

由於是緊急狀況，辦公室裡齊聚了以不藤為首的核心人員，還有護衛跟第三調查部的成員也大多都到齊了。

而房間裡也有冰浦亂藏的身影。

「我的護衛都被殺害了，你們還挺悠哉地繼續玩推理遊戲啊。」

「這真是失禮了。不過請別忘記，冰浦先生您依舊是嫌犯。畢竟能當成不在場證明的影像，並沒有留存。」

無線式的隱藏攝影機當然是靠內部電源或電池在運作，但這些用於直播與錄影的設備，卻因為停電而暫時停機。有線式的普通監視器在停電時也無法拍下影像。

話說回來，這場停電本身就太過特殊。

通常即使閃電或地震造成全區停電，透過自行發電的緊急用電源裝置，應該也能將系統維持在最低限度運作。

但是，這個緊急用電源系統本身就被設了陷阱。

不知道到底是什麼時候設置的，當技術小組人員前往配電室，就發現主電源跟緊急用系統都被安裝了可以藉由遠端操作，讓雙方配電系統短路的裝置。

當這部分修理結束讓電力復原時，冰浦護衛的屍體就被發現。目前，屍體被隔離在跟雨木陳屍時的同一間地下倉庫裡。

無論如何，在策畫好的停電期間，發生第二起殺人案這個事實擺在眼前。劉生束緊領帶，並且說出該反省的重點。

「不能完全依賴緊急電源，應該要把每一台監視器以及與系統有關的機器，都裝上不斷電供電系統。讓這個失敗成為往後的教訓吧，雖然很花錢，但會成為更加完美的系統。」

聽完這段話，冰浦皺緊眉頭並開口說：

「真讓人訝異，你以為自己還能繼續以這座球場的皇帝自居？」

「是啊，雖然停電問題需要正式由官方出面謝罪，但不可能因為這種程度就被調職吧？」

「我的部下可是死了喔？」

面對這個帶有怒氣的聲音，劉生一臉無所謂地說：

「我的部下也被殺了，而且是我最重要的心腹雨木。」

實際上雨木在劉生的祕書中，算是地位很低的，但知道此事的人都沒開口指正。畢竟沒必要隨便講出真話，導致跟冰浦起爭執，最重要的就是大家都怕惹劉生不高興。

「雖然是非常遺憾的結果，但現在得採取必要措施，讓你的護衛也變成下落不明才行。」

意思就是說，只能跟雨木一樣把屍體「消除」掉了。

冰浦的太陽穴微微抖動，並且對劉生說：

「你是要我分擔犯罪的責任？」

「你早就是罪犯了吧？從交易『那個』的時候開始。如果事件公開讓『那個』被發現，就算可以勉強逃過坐牢的刑責，我想你要重回政壇應該沒什麼指望了吧？」

「……」

也許是看到冰浦陷入沉默讓他一時興起，劉生用情緒高昂的語氣繼續說道：

「我們早已是休戚與共。同時，就跟我剛才已經講過好幾次的話一樣，請別忘記你也是嫌犯之一。雖然再懷疑下去就沒完沒了，但是剛剛在ＶＩＰ室內與折原臨也的對話，說不定全都是事前規劃好的劇本，你們有可能從一開始就是同夥！」

「這點你也一樣吧？你有可能跟那個人聯手，要把礙事的自己人解決掉。然後為了封口，才要讓我也成為湮滅屍體的共犯。」

「那當然，從你的角度看來會是這樣吧。但我很清楚自己並不是犯人。然後，我是站在這個『劇院』頂點的人。身為舞台監督，同時也是為所有演員妝點人生的導演。至少我深信自己的行為，稱得上是個能公平裁決人類的王者，所以絕不容任何人抱怨我的裁決。」

提出極度傲慢的理論後，劉生就開始講起冰浦的護衛。

「他是叫錦野對嗎？我也很清楚被殺的那個人其實經歷上不太光彩，就算現在失蹤也不會有人感到奇怪。如有必要，就隨便找份資料裝成被抽走的樣子說：『他偷走機密情報開溜了』，這樣也會變得比較有說服力吧。」

「……」

「不過，關於必須重新培養一名知道你的私下面目也不會有問題的護衛，這點我倒是很同情。」

講到這邊，劉生說出另一個妥協方案：

「如果嫌失蹤的處理很麻煩，當成他從樓梯上摔下來不就好了？護衛從停電後就沒回來，最後是在樓梯底下發現他。恐怕是停電時受到驚嚇才滑了一跤……我想這樣就能解決了。」

「只有頸骨那麼乾脆地被折斷，這種摔跤方式還真是剛好。」

冰浦雖然不滿地說著，但卻感覺不到太多嘆息與憤怒。

劉生看到他這種態度，立刻判斷那名男性護衛對冰浦而言並不是什麼太重要的人物。

——如果其實是私生子，那就是頗為有趣的發展。

劉生心中想著這些輕率之事，繼續講起現況：

「問題在於折原臨也跟他背後的組織吧。既然對方找碴到如此明顯的地步，我也沒空去選擇應對方式了。總之，雖然冰浦先生也算是嫌犯，但目前就讓我們繼續攜手合作吧。」

「可是，這件事真的跟折原有關嗎？雖然照這情況看來的確是最可疑的，但我跟那個小夥子已經交涉到一個段落，他也說過接下來就看你的態度吧。先不管背後是什麼組織，但他有必要殺害我這個仲介者的護衛嗎？」

「說不定他想表達的，是不打算進行半吊子的交涉喔？總之我們該做的事，就是讓那個自稱情報商人的囂張男子走不出這座球場。考慮到聯絡員的部分，那個老人跟孩子們……還有雖然不確定他們到底是不是同夥，但為了預防萬一，還是該把拿筆電的女人也拘禁起來吧。」

這時候，原本只是聽著劉生與冰浦對話的不藤，戰戰兢兢地開口：

「總共五個人嗎……這工作量還蠻龐大的，會不會引發騷動？」

「不藤，正因為能辦到，我們才能稱得上這個舞台的導演。沒問題的，相信我的劇院吧。就是為了這種時候，才會設置那麼多沒記載於官方平面圖上的區域及設備。」

「是、是的。」

劉生把視線從正在陪笑的不藤身上移開，望向妹妹珠江那邊。

「所以呢？那些孩子現在怎麼樣？」

「目前軟禁在第六接待室，現在全部交給停電前就從ＶＩＰ室回來的小黛。為了預防萬一，門口也有兩名第三調查部的人在看守。」

「這樣啊，是黛負責啊。話說回來，能買下她實在是對的。雖然還沒有讓她從事原本的工作。」

黛彩葉雖然能完美達成處理屍體這類祕密工作，還有販售啤酒這種檯面上的工作，但劉生直接斷言說這些都不是「原本的工作」，並且繼續說：

「為了威脅臨也，就先殺一個人吧……雖然她從童年就很優秀，但技術也有可能生疏。用小孩子來復健應該剛剛好吧。」

「不管是肉體方面，還是精神方面。」

♀♂

觀眾席　輪椅專用區

「哎呀～坐先生，監視突然變得很明顯啊。」

回到輪椅專用區的臨也，很開心地對坐說著。

在他們視線所及的範圍內，的確隨處可見散發出詭異氣息的清潔工還有警備人員，每個人都不時以很自然的視線往這邊瞄。只不過對於持續觀察人類到病態程度的臨也，還有已經長年走在那條不歸路上的坐來說，這些根本稱不上自然，而是明顯在「監視」的舉動。

「一定是坐先生的錯啦。難得冰浦先生說要當我們的仲介人，卻還對他的部下做出那麼過分的事。」

「……這也無可奈何，那是正當防衛啊。我只是把找上門的麻煩解決掉。」

看著正襟危坐又平淡述說的坐，臨也歪著嘴角搖搖頭。

「正當防衛啊。坐先生就算赤手空拳，也跟拿著衝鋒槍沒兩樣嘛。我覺得不跟拳擊

手或空手道家一樣手下留情是不行的喔。」

「跟那種事相比，應該還有其他更需要注意的地方吧？」

「聶可不在耶，遙人他們也是。」

這裡只留下折疊椅，聶可跟她的東西一起不見蹤影。

正當臨也環視周圍時，他的手機出現震動。

那是沒有在官方線上商店公開的特殊ＡＰＰ程式，ＡＰＰ上頭的顯示框裡陳列著特殊的記號文字。

「咦？是聶可。」

這是她為「Candiru」製作，用來通訊跟聯絡的特殊通話ＡＰＰ。視狀況還能直接連結機種之間的藍牙與Wi-Fi來通話。

只不過由於太過獨特，得把部分機種做更進一步非法改造後才能使用。

看到是認識的人打過來聯絡，臨也按下通話鈕，把手機抵在耳邊。

「妳現在在哪邊？」

『我從監視器看到那個瀧岡的妹妹往這邊走過來，就躲到自由席中間坐下了——想說差不多了，抬頭偷看一下就看到你，所以才像這樣偷偷聯絡啊。嘻嘻。』

「所以呢？遙人他們呢？」

『咦？遙人他們怎麼了？』

「……妳遇到這種狀況時，真的沒用到會讓人吃驚耶。不過這樣優缺點分明才像是人類，這是好事。」

臨也發出嗤笑時，電話的另一頭傳來咋舌跟有點尷尬的聲音。

『傷腦筋，本來以為她的目標是我才躲起來，沒想到竟然把遙人他們帶走。』

「這個沒辦法從妳駭進去的監視器確認嗎？」

『那個女人變得蠻謹慎的，她把剛好拍攝那個位置的監視器關掉。也是啦，如果被我在別處錄下綁走小孩那一瞬間的影片就糟了。雖然試著重開機，但卻是一片漆黑。』

臨也聽到這邊就往有隱藏式攝影機的位置看去，那邊可以看見扶手上頭的小洞，被像是指甲油還是口紅的東西給塗滿。

「她用物理方式把它塞住啦，看來對妳提防得很嘛。不過的確沒錯，只要綁走孩子的瞬間沒被拍到就好了吧。」

『啊～其他有好幾個地方的監視器也被依序關掉了——不過也因此我大概知道他們被帶到球場的哪邊了——』

「就算知道也沒用啊，反正很明顯都是在瀧岡手中了。」

用悠哉語氣說著的臨也背後，傳來沉重的聲音。

「嗯……重點是，我更擔心遙人閣下跟緋鞠小姐。」

坐很稀奇地臉色凝重並這麼講，臨也則依然以無畏的笑容回答道：

「沒問題，既然是當成交涉工具帶走，就不會對他們不客氣吧。現在還讓屍體數量增加，也只會讓我們抓住把柄。」

「鄙人跟著您一起過去真是失敗的決定。不管你有什麼孩子們可以平安無事的根據，只要稍微有點相信您，就是種嚴重的失策。」

「哎呀哎呀，這還真的是嚴重的失策啊。你真的很失敗喔，坐先生。這麼令人雀躍的事件都擺在眼前，竟然還把我當成那種行動時會在意孩子們安危的人。」

「……」

坐的視線盯著臨也。

如果是平常人，光是這種有如籠罩在「壓力」中的視線就會全身發抖，甚至失禁都不足為奇，但臨也卻能盯回去而且還顯得若無其事。

經過幾秒的沉默後，坐像是放棄般嘆了口氣。然後低聲碎碎念些「果然還是該撕毀契約，現在就把他的脖子折斷……」這種話之後，向雇主臨也詢問：

「所以，您打算怎麼辦？我想通常這是要報警的事。」

「就算報警，我認為要搜查球場也沒那麼簡單喔？大概在某人把搜查人員擋下來的時間，他們兩個的肉體就會從這世界上消失了。再說我姑且算是他們的監護人。依這狀況來說，他們兩個失蹤時，首先會被懷疑的就是我吧。」

「那麼，您有何打算？」

「看來我們似乎被當成讓死人陳屍在地下倉庫的凶手。真凶似乎對他們提出某種威脅，但我們並不知道具體上是什麼。從冰浦的語氣聽來，似乎是跟巨大利益有關的某種非法行為。」

稍微思考一下後，臨也發出呵呵笑聲並低聲說：

「不過大致上都能預料到，就算錯了也無所謂。」

接著臨也在輪椅上蹺起二郎腿，即使得忍受背骨附近的疼痛跟隱藏肌膚滲出的冷汗，也要像這樣毫無意義地耍帥。

「反正都被誤會成犯人了，那就讓他們產生更大的誤會吧。嗯，沒錯。既然如此，就讓他們以為我們背後有像尼布羅這種超巨大企業，或是跟美國的魯諾拉達家族這種黑手黨大咖有關吧。」

「……這是為了什麼？」

「當然是為了救遙人跟緋鞠啦。」

臨也這句話，讓坐靈巧地皺起一邊的眉毛。

「真是的，坐先生你別露出那種表情嘛。我也很擔心那兩個人喔？」

臨也把手機抵在耳邊，像是也要講給聶可聽，說出自己最真實的心情。

「好不容易順利地把他們培育成有趣的人類，無法看到將來的發展也很……反過來說，看不到他們臨終的瞬間，對我而言也是很重大的損失嘛。」

然後他開始笑著講解今後的行動方針。

「所以為了救他們，就來稍微認真地動用金錢與人脈吧。」

『……認真，是指要委託外頭的人？你打算做些什麼？嘻嘻。』

接著他加上一句話。除了認識臨也很久的人以外，聽到的瞬間大概都會擔心地說出「你腦袋沒問題吧？」這種話。

「沒什麼，很簡單的小事。就是成為真凶。」

「然後，就只要送上小小的喝采……對『前任』真凶說聲您辛苦啦。」

♀♂

第六接待室

這座夏瓦球場裡，有間隱藏的接待室。

提交給消防署等單位的官方平面圖上，有記載的接待室數量是五間。可是地下有好幾條原本不存在的通道，設置在那邊的其中一個房間，就是第六接待室。

這是用來跟原本不該出現在球場的「客人」會面，還有會把不利於己的人暫時軟禁的房間——目前正在使用後者的功能。

「欸欸，臨也哥呢？他還在跟大人物講話嗎？」

「是呀，我想應該就快來了。」

少年天真無邪的聲音，讓彩葉露出徒具形式的笑容回答。

然後看著馬上就被這虛偽的笑容欺騙，說聲「這樣啊……」就退開的少年。她的內心感到微微刺痛。

更進一步來說，少女跟少年完全是對照組，她從一開始就用充滿敵意的表情看著自己，這道視線持續戳刺著彩葉內心。

「……」

「要喝些什麼嗎？」

向表情險惡的少女詢問後，她搖搖頭並且說：

「妳說不定會下毒，所以不要。」

「這沒有下毒喔。」

「會老實跟對方說『我接下來要下毒』的傢伙，也只有折原臨也啊。」

「是、是嗎？臨也先生還真厲害呢。」

雖然感覺到自己完全被厭惡，但也因此確信這兩個人果然跟叫做Izaya的男人有關。然後也不知道有沒有聽見對話內容，說自己叫遙人的少年用力點頭。

「對呀！臨也哥很厲害喔？」

明明沒有詢問，但是顯得很雀躍的遙人卻喋喋不休地對彩葉說明「Orihara Izaya有多麼厲害」這件事。

剛開始還是從小孩觀點講的「他有好多好多電腦！」跟「他經常請我們吃壽喜燒！」這種天真無邪的內容，但是接下來彩葉卻聽見令人在意的話。

「呃……還有喔，他跟警察裡頭的大人物也是朋友！」

「……警察？」

「嗯！好像說那個人總有一天會成為警察裡的大魔王！是這樣吧！緋鞠！」

「大魔王……」

就是指警察廳長官吧。

彩葉思考著應該不會是那麼高階的人物，同時往少女那邊瞄了一眼。

被稱作緋鞠的少女，依舊用充滿敵意的視線看著彩葉，但少女以如此的表情加上厭惡的語氣說道：

「遙人說的是真的。那個人是特考組菁英，聽說現在是在當警察署長。不過名字就不清楚了。」

「……」

跟外表比年齡更稚嫩的遙人相反，緋鞠帶有一股成熟的氣息。

她的話中有股讓人覺得無庸置疑的說服力。為了預防萬一，彩葉把這件事傳達給管理第三調查部的瀧岡珠江。

如果知道Orihara Izaya跟警方有關，應該就不會做出危害孩子們的行為吧。被培育成殺手的這個人，懷抱著各方面都可說是太過天真的期待。

♀♂

劉生的辦公室

「妳說警方幹部……？」

聽到珠江的報告，就連劉生也皺起眉頭。

冰浦也是一臉難色。

「不過，這是小黛從孩子們那邊聽說的，還不曉得是不是真的啦？」

「不理會小孩子的胡言亂語是很簡單……不過他能那麼游刃有餘，是因為這樣嗎？雖然覺得警方本身應該不會就是折原臨也的『雇主』……」

面對有些許畏縮的冰浦，劉生依舊強硬地搖搖頭。

「如果警方掌握到『那個』的情報，也不會用這種兜圈子的手段吧。這座球場早就變成強制搜查的對象，如果不打算查緝而是要利用，直接對我或冰浦副知事施壓還比較快。」

「那就代表警方跟這次在他背後的組織無關吧。不過要是隨便解決掉他，我們的情報也有可能流到那名警察官僚手上……我還是反對把他收拾掉。」

「尤其是冰浦先生你會特別困擾啊，畢竟會連一九九六年的逃稅紀錄都被揭發出來。」

「就算這樣，我想也比出手交易『燈光』還有『臨演』的你要好多了。」

「不會有證據留下的。無論是誰去告密，所有證據都能在這球場的地下處理掉。只要能爭取到時間就沒有問題。」

「總之，把折原臨也叫來這邊吧。不管要威脅還是交涉，他不在也無法開始。」

「……」

冰浦似乎想讓折原臨也站上這個舞台，但劉生並不想那麼簡單就同意。

劉生認為所謂的交涉，就代表雙方站在對等的高度上。

他這種人會斷言國力相差太多的兩國進行交涉，不過就是流於單方面的恐嚇。當然也會深信自己的「國家」夏瓦球場是同樣的情況。

在自己以王者身分治理的這個「劇院」裡，豈能讓一個自稱情報商人的跑腿小弟跟自己平起平坐。

劉生這麼想著並靜靜地調整呼吸，開始思索「該深入到什麼地步」這個問題。

──假設他的背後是粟楠會。

──這麼一來，對方已經殺掉我們這邊兩個人。

──那麼我們如果不回敬一下，只會繼續被粟楠會小看。

──對他們來說，在交涉途中繼續殺人，是為了讓威脅變得更有效果吧……

──敢威脅跟明日機組有往來的我，就代表他們擁有比我更強大，且完全處於優勢

的力量。或者只是為了在「那個」的利益上獲得優勢，才有勇無謀地闖進來……

——不管怎麼說，我們都得把折原臨也解決掉，以便做個了斷。

——或是威脅折原臨也，讓他成為我們的棋子……

雖然因為無法判斷對方組織的意圖而感到困惑，但劉生還是秉持「支配者不會感到迷惑」，而將這種感情控制到不形於色。

冰浦也一樣，他始終保持一張撲克臉，不讓別人發現自己的困惑。

♀♂

但是，這個球場內最困惑的並不是他們。

夏瓦體育場這個巨大的「劇院」裡頭，最混亂的不是劉生也不是冰浦——

——為什麼。

——為什麼，那個叫折原臨也的男人，要做出這種事？

而是完全無法猜測臨也這個神祕男子的意圖，犯下這起殺人事件的真凶。

還有，雖然只是順帶一提——

現在僅次於真凶會感到困惑的，是正在檢查一般監視器畫面，不知道事件背後狀況的警衛們。

「喂……」

看著螢幕的警衛們，見到畫面都皺起眉頭。

「那個客人是怎麼回事……會不會太高大了？」

有個身高怎麼看都超過兩公尺的巨漢，在入口附近四處徘徊。

光是這樣，大概還只會說「還真高大耶，是籃球或排球選手嗎？」就算了——但這男人染著一頭藍髮，還有大概半張臉上綁著繃帶這種詭異的模樣。

更奇怪的是，這名在高解析度的有線攝影機畫面裡蠢蠢欲動的男子，完全不看已經進入中段的棒球比賽。他好像在尋找什麼似地，不停地東張西望。

♀♂

體育場內　入場大門側

那名壯漢——臼原步美暫時東張西望後，終於發現想找的東西。

那是擺在球場賣店櫃台上，引導觀眾入座的導覽手冊。

由於不小心忘記在售票口先拿一份，所以就在球場內尋找相同的東西。

「……」

「歡迎光……？」

突然有個長相凶惡的壯漢出現，讓熱狗店的店員嚇得全身發抖。

男子輕輕舉起單手在空中比個手勢謝罪，然後只抓起一本導覽手冊。

巨大的手靈巧地把這本冊子打開，並開始從座位配置圖裡尋找「輪椅專用區」的文字。

「步美，怎麼樣？有找到那個叫折原的小弟嗎？」

「……」

他對突然從導覽手冊旁邊探出頭來的繼母搖搖頭，然後看著座位表——確認自己現在站的位置，是在相反方向的自由席後方。

「話說回來，會因為停電而限制入場，還真是嚇我一跳啊？是有打雷之類的嗎？天氣明明這麼好。」

聽到繼母講得這麼悠閒，讓臼原的意識稍微轉移到夜間照明設備上。關於停電這件事，臼原也覺得頗為詭異。腦袋裡頭有一小塊角落也感到耿耿於懷，這說不定跟折原臨也有關。

在思考這些事情同時，他緩緩地往對面的觀眾席看去。

臼原的視力似乎相當好，他的眼睛看見並排在其中一塊區域的輪椅。

下一瞬間——

他從裡頭發現到身穿黑色衣服的男子，還有站在旁邊的白髮老人身影。

同時，他臉上也露出凶惡的笑容。

這簡直就像是發現長年追尋的沉船時，尋寶獵人卻散發出好像面對父母仇敵般的淒厲殺氣。

周圍原本覺得「好像有個很高的人在」而看著他的觀眾，立刻起了雞皮疙瘩。

他們覺得，自己說不定在下一瞬間就會被這個恐怖的男人殺掉。

可是在這種氣氛裡，還是只有繼母祐希是一臉若無其事的表情。她看著周圍那些害怕臼原的觀眾們，對兒子提出忠告：

「步美，我剛才也說過了。你不可以在這裡開打喔？」

♀♂

觀眾席

比賽終於來到八局上半。

觀眾席被異常的熱情所包覆。

棟象寒四郎從上一場比賽延續下來的全壘打紀錄，雖然到連續三打席擊出後就中斷——但接下來，這場比賽的第三打席又再度擊出全壘打，然後沒想到連第四次打席也又是全壘打。

這麼一來，他今天的成績是連續三發全壘打跟一次三振。但如果接下來再輪到兩次打席，就有機會達成能與王選手他們匹敵的單場連四轟偉大紀錄。

「真傷腦筋，竟然連比賽這邊也變得有趣起來了。」

看到觀眾們那股包覆著球場的熱情，讓臨也被想把這股熱誠觀察到最後一刻的欲望所囚禁。

「雖然覺得這種興趣很惡劣，但如果你無論如何都很在意，就拜託聶可小姐把觀眾席的影像保存下來，之後您再慢慢享受就好了吧。」

「哎呀，沒想到坐先生竟然會說出這種不考量一般人隱私的話來。」

「雖然並非鄙人的本意，但現在不以孩子們的安全為優先，會讓我很困擾。」

被坐的俯視所瞪著，臨也還是聳聳肩繼續滑著手機。

「哇，這邊也好傷腦筋……值得倚賴的九十九屋拒絕了啦。」

他發出苦笑，開始觀看似乎是九十九屋這名駭客傳來的回答。

「唔——他說『我不想參與那種犯罪行為，現在立刻請坐先生衝進去把總經理打一頓，然後抓起來當人質就好了吧』……怪了，我明明沒把這邊的詳情告訴他……」

對於這名在關東可說首屈一指的駭客抱持「果然是個詭異的傢伙」的想法，臨也同時開始尋找其他幫手。

這時候，站在背後的坐輕輕握拳開口說：

「鄙人覺得這樣也無所謂，不如說能迅速把他們救出來正如我所願。」

「別這麼說嘛。既然要大鬧一場，就讓我們鬧得更盛大點吧。而且我也不是閒著沒事做啊。」

臨也這麼說，同時開始跟坐在稍遠處自由席中央繼續作業的聶可通話。

「嗨，聶可。因為被九十九屋拒絕了，所以要去拜託博多的那位黑腳滑子幫忙。抱歉，可以請妳幫我聯絡嗎？」

「嗯，背號24號？你要欠那個蕈類人情？咦——？之後他絕對會要求很離譜的報酬喔——？如果你突然被通緝懸賞我可不管唷——？」

「畢竟除了九十九屋以外，能在短時間內完成工作的人看來也沒幾個。那種作業是聶可不擅長的領域吧。好幾年前，我有用很優惠的價格接下他委託的工作，這次就當成請他還我當時的人情吧。」

「嘻嘻！那這附加的利息可真高耶。」

聶可說完後，開始跟網路暱稱叫做「blackleg_nameko」的駭客取得聯繫。

另一方面，臨也開始跟其他人聯絡。

「嗯，是我。你那邊只要準備完成就可以開始囉——？接下來我們這邊會配合時間想辦法解決，請你也這麼轉達給富士浦先生知道。那就麻煩你了。」

「……」

坐無法掌握臨也想要策劃什麼事，只能在內心祈求遙人與緋鞠的安全。

不過只有一件事。

無論如何他都確信，這對所有相關人士來說只會變成最糟糕的結果。

當臨也與聶可為了這些作業而目不暇給時，周圍突然發出熱烈的歡呼聲。

抬頭往電視牆看去，似乎是輪到楝象寒四郎的打席。

比賽已經演變成亂打戰的局面，照這樣進行下去到了最後一局還會有一次輪到打席的機會，要達成名留棒球史的偉大紀錄也並非夢想。

「哎呀呀，好像演變成很了不得的情況啦。」

臨也呵呵笑著，並且看著站在旁邊的坐。

「狂熱到這種地步，應該會連坐先生的直覺都變遲鈍吧？這樣應該沒辦法辨別誰是瀧岡或冰浦的部下了吧？」

「嗯……不過如果有散發明顯殺氣的人存在，光是站著就能在某種程度上區別出來。不用每個人都仔細觀察，只要觀看整體狀況追蹤那股異樣感……」

這時，坐突然暫時停止說話。

他瞪大單眼，沉默地撫摸下巴的鬍鬚幾秒後，似乎頗感佩服地開口：

「喔……這還真是……」

「？坐先生，怎麼了？」

「嗯，奇遇還真是種恐怖的東西。沒想到會在這種地方見到認識的人。哈哈，因為

殺氣太過凌厲，馬上就能注意到。」

「什麼殺氣……你該不會是想說自己看得見格鬥漫畫裡頭，那種鬥氣之類的東西吧？」

臨也在詢問同時，也從懷裡拿出小型雙筒望遠鏡朝著坐看的方向望去。

「在熱狗店前面。」

「坐先生你是遠視？真虧你戴了著眼鏡還能看見那麼遠的地方。我看看喔……」

然後當臨也看見望遠鏡裡頭的巨大人影，忍不住發出叫聲：

「……嗚哇，不會吧？」

笑容雖然沒有消失，但眼神卻沒有笑意。

「真傷腦筋。這樣我今天是不是真的偶然來到這座球場，就變得很難說了耶？」

「這下子，鄙人跟臨也閣下兩人，被怨恨的人是誰呢？」

「我想雙方都是喔？啊，真受不了。我雖然喜歡人類，但是那種類型的人說起來還是比較想從遠方觀察就好……被那種傢伙追著跑，無論如何都會害我想起某個討厭的怪物……」

還在池袋時的記憶於腦中回溯，同時臨也對坐說：

「幸好這邊的準備已經結束了，接下來就交給聶可……坐先生，那這樣我們就開溜吧。」

「開溜？……要溜去哪邊？雖然在鄙人抵擋住那個人的期間，臨也閣下的確會毫無防備……難道你要離開球場？」

「不對喔，這裡不是有更安全的地方嗎？就是那種可疑外人無法進入的場所。」

臨也直接按下輪椅的自動按鈕，開始從觀眾席移動。

然後他朝就在附近的警備人員——也就是應該是正在監視自己的瀧岡部下靠近，笑容滿面地開口說：

「差不多也想聽聽瀧岡先生的回答了……可以請你帶我們去總經理辦公室嗎？」

♀♂

幾分鐘後

「奇怪？怎麼不見了？」

臼原祐希來到輪椅專用區後疑惑地歪著頭，並且往周圍東張西望。

她對臼原說：「你突然就跟臨也小弟見面會直接打起來吧？我先去拜託他們到球場外頭，在那之前你先在這邊等一下。」之後，又再對好像想講些什麼的臼原說道：「沒問題沒問題！在這麼多人面前，我想他也沒辦法做什麼。」說著就走到這邊——可是最重要的折原臨也跟老人卻消失無蹤。

難道是去廁所？

她雖然這麼想，但也想到對方說不定是注意到自己的兒子就逃走了。於是便向周圍的人們詢問。

結果一名在像是折原臨也的青年旁邊觀戰，坐在輪椅上的小孩以「就在剛才，他們好像不知道跑去哪邊了喔？」這句話來作證。

陪在他旁邊的女性也提供了目擊情報：「啊，是那個很帥氣的老爺爺還有跟他在一起的人對吧！那個人剛才還在跟那邊的警衛講話……然後有人來迎接，接下來就跟老爺爺一起不知道去哪邊了。」。

然後祐希毫不懷疑，快步往那名警備人員身邊走去。

先不管她那漫不經心的性格，但是要叫人提防球場的工作人員，也是很離譜的要求吧。

不管怎麼說，包括祐希在內的普通觀眾們，沒有任何人注意這個觀眾席裡，圍繞著一股彷彿要步向毀滅的氛圍。

「呃……不好意思。我想找長得像這樣的小弟，請問你有看見嗎？他是我兒子的朋友。」

警備人員看見那名美女拿著的照片後，一瞬間瞪大雙眼——但接著馬上變回撲克臉，拿起無線電開始跟某個地方聯絡。

♀♂

劉生的辦公室

「怎麼了？臨也應該已經交給不藤了吧？…………咦？」

聽到第三調查部的部下傳來的聯絡，讓珠江皺起眉頭。

「哥哥，輪椅專用區好像跑來一名要找臨也的女性……」

「……是聯絡員嗎？」

「好像說臨也是她兒子的朋友，似乎是名還很年輕的女性。」

「原來如此，的確很像是為了蒙騙他人所講的話。朋友的兒子……原來如此，所謂

的兒子就是現在人在第六接待室的少年吧。」

臨也正由不藤帶路，馬上就會抵達這邊。

而聯絡員卻在這個時機現身，這代表他們有什麼地方沒協調好？

稍微思考一下。為了威脅折原臨也，他希望手上的牌能盡可能多一點也好。於是用平淡的表情下達指令：

「帶她到第六接待室去。接下來……告訴他們要鄭重接待對方，跟孩子們一起。」

「知道了，要泡茶給他們喝嗎？」

妹妹半開玩笑地詢問，劉生自己也嘴角上揚又語帶諷刺地說：

「這也許是最後的晚餐，如果對方有所請求，就儘管給他們吃些喜歡的東西吧。」

他沒有注意到，自己現在所做的判斷，會招來怎樣的災難。

♀♂

觀眾席

繼母跟球場的工作人員講過話後就消失了。

這一幕有人遠遠地——從另一邊的觀眾席目擊到。

就是被這位繼母說「你在這邊等一下」的臼原。

可是，這裡並不是那句話所說的熱狗店前面。

由於在窺探狀況時，臨也跟坐突然開始移動並消失無蹤。所以即使繼母阻止，自己也打算先到相同區域的自由席附近——

可是這段期間不過才移開目光幾秒鐘，繼母就消失了。

難道是去廁所？

他心中不禁這麼想。

又或者，是希望如此。

但是他那有如動物般的直覺，察覺到某種討厭的預感使得全身緊張起來。

臼原來到輪椅專用區，開始往周圍東張西望——

然後在那邊發現了熟面孔。

雖然只有一起行動短短幾天而已，但那的確是曾經在相同隊伍裡一起行動的女性。

臼原快步移動到自由席，中途用力把觀眾們推開，並伸手要抓住「她」的肩膀。

她低聲喊道「糟糕！」後，就打算鑽進自由席的縫隙裡——但臼原的手早一瞬間伸到，成功地抓住她的後頸。

接著臼原用單手把她拎起來。

然後跟她四目相交——確信自己的判斷完全沒錯，這名哥德蘿莉少女的確是認識的人。

另一方面，像貓一樣被粗暴抓起來的女性——聶可很尷尬地移開視線後，再露出困擾的笑容對壯漢抬起單手。

「呀呵——好久不見啦，臼原。」

「呃，那個……自從在阿多村先生那邊之後就沒見面了對吧？嘻嘻。」

間章　折原臨也是怎樣的人？（聶可的情況）

啊？問我對臨也的看法？

他是社長對吧？然後是討厭的傢伙對吧？

還有其他的嗎？

有沒有把他當成異性看待？

嘻嘻，你這問題還真蠢耶。

如果有女人喜歡上那種東西，想必會是個毀滅主義的忠誠信徒吧？

社長最信賴的，好像是一直擔任他祕書的女藥劑師……不過現在人似乎在美國，最重要的是聽說那個人的戀弟情結非常嚴重，所以對臨也沒有半點興趣喔——？

總之，我跟他不是那種關係。

完全是興趣……或者說，是生意夥伴這樣的關係啦。

如果沒有這層關係，我都不知道把他解決掉多少次了。嘻嘻。

我被他怎麼了？沒啦，就是他把我的本名……

不，抱歉。沒事。

把這句忘掉吧。

不把這句忘掉會死的，我是說真的。嘻嘻。

不過，我很感謝他啦——？

像我這種無法適應社會的人，他也能給我一份工作和歸屬——

而且，不管怎麼說，我也算是某種有病的人。

那傢伙帶來的麻煩是很麻煩沒錯，但我覺得都還蠻有趣的呢——

他會若無其事地給周圍添麻煩。雖說沒有能阻止他的煞車……不過這應該說是反面教材吧？就因為他比我還要亂來得多，所以我才能引以為戒讓自己沉著下來啊——

嗯，我很感謝他喔。這是真的啦。

雖然有時會覺得「他怎麼不去死一死」，但是跟一直真的很希望他死掉的坐先生還有緋鞠妹妹比起來要好多了。不對，真要說起來他們兩個才是正常人吧。嘻嘻。

與折原臨也一同喝采

唔——

就算你問我折原臨也是個怎麼樣的人。

我想那傢伙只是個Bug。

雖然不會自行增殖，但卻是個不管怎麼弄都無法排除的討厭Bug。

更麻煩的就是，那傢伙很清楚理解自己是個Bug。

你也要小心喔。

那個Bug雖然不會讓自己增加。

可是卻最擅長破壞其他正常的部分，讓那些地方變成別的Bug。

不過，已經太遲了。

會想要深入了解臨也這種人，就代表你可能早就產生Bug了。

而我與其說是有Bug，不如說從一開始就有如電腦病毒。嘻嘻嘻。

……不過因為是被Bug搞到產生Bug的病毒，所以就沒什麼存在的意義啦。

雖然剛才也講過，但是臨也給了我存在的意義，這點很感謝他。

不過如果那傢伙做出讓我感到無聊的事情，總有一天我會恩將仇報啦！

五章

棄賽

觀眾發出的巨大喝采聲，震撼了整座球場。

恐怕是棟象寒四郎擊出了今天第二次的連續三打席全壘打吧。

但是這個結果本身，對折原臨也而言根本就無關緊要。

會讓他感到有興趣的對象，是這個結果給人類內心帶來的轉變。也就是人們的身體被所謂的「感動」支配時的模樣。

因此臨也從響徹球場的巨大喝采中，想像每個人內心的情緒變化，然後緩緩地咀嚼這份幸福感。

雖然有股豪華料理就在面前，卻只能聞香的寂寞感，但對目前的臨也來說，光是想像人們的愉悅還有投手挨轟時的怨歎，就能充分擁有自己還活著的實際感受。

「你的表情看起來還挺高興的嘛，折原臨也。」

面對獨自沉浸在愉悅中的臨也，一道用驚人精神力將各種情感壓抑住，並且故作平靜的聲音傳來。

臨也從這種複雜的聲音裡，感受到裡頭蘊含的熱量。同時他還是露出爽朗的笑容，讓輪椅發出吱嘎聲響，轉而面對聲音傳來的方向。

「那當然是因為能跟你見面的緣故啊，瀧岡劉生球團社長。」

「那真是萬幸，不過請稱呼我為『總經理』。」

臨也位在房間的正中央，不過狀況絕對稱不上良好。

用一般常識來思考，這可以說是最糟糕的場面。

這個可以兼作特別接待室跟會議室的辦公室，實際上大約有十五坪寬。但是這裡卻擠進大量的人，甚至會覺得有些狹窄。

中央是坐在輪椅上的折原臨也。

還有站在他身旁的坐。

以面對面形式站在辦公桌前面的，是瀧岡劉生與站在旁邊的瀧岡珠江。

在稍遠的位置，是坐在沙發上的冰浦，與站在他背後臉色發青的祕書。

接下來是以不藤為首，數名知道劉生「另一個面貌」的幾名幹部。

然後就是對臨也投以戒備眼神的第三調查部成員們。

處於這種被二十幾個人團團包圍，其中有十人以上攜帶某種武器的狀況下，即使接下來立刻發生單方面的屠殺也不足為奇。

在這種壓倒性的差距中，瀧岡劉生對臨也露出游刃有餘的笑容。

這個體育場的「王」雖然輕視對方，但還是以完全不放鬆警戒的銳利眼神開口：

「真虧你敢光明正大地出現在我面前，這點我很佩服啊。」

「你比較喜歡別人偷偷摸摸又嚇得發抖嗎？」

「跟喜好無關，那樣才是理所當然吧。」

瀧岡就像宣示說自己根本不打算交涉一樣，以目中無人的態度說道：

「既然踏進我所打造的『劇院』裡，就得扮演符合自己身分的角色。你的角色是太過得意忘形，最後只能悽慘求饒的小混混A罷了。我能做的只有指導演技，原本說來，你的意見根本不會傳進導演耳裡。」

「也有很多導演會採納演員的意見喔？」

「很遺憾，我並不屬於那種類型。我認為導演就是舞台的神，舞台監督則是王者。是狂亂的天神，也是暴君。人類只要當個被絲線操控的傀儡就好。你們要對我的這座『劇院』，對這座球場奉獻敬意並繼續心存畏懼。」

也許是興致來了，劉生跟往常一樣，開始以演舞台劇般的口吻講話。

周圍的人們雖然內心感到厭煩，但也只想聽過就算了——

但折原臨也本人，卻開始正面回應：

「這裡是你的劇院？不對吧？我想真正的老闆是夏瓦集團的統帥，夏瓦白夜丸先生才對喔？這個劇院要上演什麼，最終決定權應該是在老闆手上吧。誰能證明你不是得看贊助商臉色的傀儡？」

「名義上的王者，跟實際的支配者是不同的。夏瓦集團不過是一群利慾薰心的傢伙。我只依靠自己的力量就把這個『劇院』，這個夏瓦球場建造完成！要說到缺點，就只有夏瓦球場這個名字。總有一天當我掌握夏瓦集團時，就打算換掉這個名字。」

瀧岡很乾脆地講出對母公司夏瓦集團的叛意。

但是，他的失控並未到此為止。

說不定是因為能傾訴憤恨的對象折原臨也就在面前，所以讓他卸下壓抑已久的束縛。

「我有義務讓這座球場變成更完美的『劇院』，要說我是為此而生也不為過吧。沒錯，這球場最終將超越劇院的框架，成為一個國家。不，將為成為一個完結的世界吧！我可以做到！」

瀧岡有如歌劇演員般高聲大喊。

冰浦像在述說「剛才這些我就當作沒聽見」般把視線移開，珠江的笑容雖然跟平常沒兩樣，但她的眼睛卻靜靜地看著地上。

護衛們的表情也都不形於色。但是像不藤這部分的人，眼神卻顯露出像是在說：

「啊，萬一這種發言洩漏到外頭去該怎麼辦？」的恐懼。

但既然這種妄想正是讓他在夏瓦集團出人頭地的原動力，就無法輕易否定。也不可能否定。

當任何人都這麼想的時候——掌聲響徹辦公室內。

雖然很緩慢，但卻是十分強勁的掌聲。

「太棒了。」

拍手的不是別人，正是折原臨也。

他依舊坐在輪椅上，以誠摯的眼神看著瀧岡，並持續給予讚賞的掌聲。

「這真是壯麗的夢想。的確，如此偉大的事業如果沒有跟你一樣的能耐，就無法達成吧。不，即使擁有那種能耐，也還需要能成就偉業的力量。實際上你就是靠那強硬的手段為夏瓦集團帶來變革，然後將這個體育場和毒蛇隊納入手中！由你領導演出的劇院將會是個完結的宇宙，你曾經擁有做到這點的可能性。」

臨也雖然若無其事地道出將「世界」升格為「宇宙」的讚賞，但最後一句話卻讓瀧岡眉頭深鎖。

「……『曾經』擁有那種可能性？可以問你為何使用過去式嗎？」

「嗯，正如我所說的一樣吧？現在的你，無法抵達開天闢地的境界。」

臨也終於連開天闢地這種字眼都說出口了。在周圍聽著的不藤他們，也開始產生：
「咦？又多了一個腦袋有問題的人？」這種想法。
但既然劉生明顯對他講的話充滿興趣，那麼揶揄或打斷臨也講話的選項，就不存在於世界上。
臨也刻意不去感受周圍的這種氣氛，只顧著配合劉生繼續講下去：
「你的確擁有近乎完美的『劇院』。然後你自己在舞台監督和導演方面，也有符合這個劇院的才能……光看這些並不會讓人感到遺憾啦。只有一點，不，要仔細劃分是缺乏兩項要素。也因此才讓你的劇本只能在中途閉幕。」
「你想說我缺少什麼？」
最初原本只是想聽聽被逼進死路的男人，會講些什麼逞強的話。但劉生很在意臨也講的「自己缺乏的要素」，於是被對方的步調牽著走。
現在他抱持純粹的興趣，催促臨也講出答案。
用來回答劉生問題的答案，已經足夠動搖他的內心。
「就是人材。演員及工作人員。」
「……你說什麼？」
把緊皺眉頭的劉生丟在一旁，臨也坐在輪椅上開始環視周圍。

「你並沒有聚集到能讓你的舞台獲得成功的適合演員，工作人員也沒辦法說有把工作弄得盡善盡美。你的指示明明很完美，可是周圍的人卻不相信你所說的話。這樣子舞台是無法完成的。」

彷彿讓人覺得是否一開始就準備好劇本，臨也口中流暢地講出如同演戲般的台詞。

站在旁邊的坐一面想著「你這個人真的是很油嘴滑舌」，並以推輪椅的陪同者身分默默地靜觀其變。

「你的夢想、野心……不，就連實際上的計畫，在這房間裡都沒有任何人相信。這也包括你妹妹珠江小姐在內啊。」

「……你在說什麼？真是蠢透了。」

珠江嘲笑般地開了口，打算立刻否定對方講的話。

於是臨也往她那邊瞄了一眼，以明顯要嘲笑對方的語氣說：

「珠江小姐，妳很焦急嘛。揚起一邊眉毛是妳說謊時的習慣動作嗎？」

「什……」

「這種習慣動作我很清楚喔。畢竟我也算是一介小小的情報商人，如果無法分辨出對方有沒有說謊，這行買賣可做不下去。」

劉生稍陷沉默後，對講話時表情依舊泰然自若的臨也詢問：

「折原臨也。你之所以如此游刃有餘，是因為確信自己不會被殺？難道你以為我們會顧慮到你背後的組織，然後對你手下留情？」

「怎麼可能。劉生先生反而是那種會積極地想殺我，然後向對方宣揚自己立場的類型吧？你之所以沒有立刻殺我，是在顧慮冰浦先生？」

「……」

聽到這句話，冰浦狠狠瞪向臨也。

「喂，就算跟我無關，但如果你死了……那個一九九六年的資料會外流出去嗎？」

「誰知道啊，我想這要看保管資料的人怎麼判斷了。」

「你這傢伙……」

「不過，雖然本來也想跟瀧岡先生進行同樣的交涉。但你可是擁有在警察和媒體抓到把柄前，就將所有證據處理掉的能力啊。」

當臨也這麼說，瀧岡發出一聲嗤笑回答：

「畢竟這是為此而建造的劇院。」

瀧岡就這麼走回辦公桌裡頭，同時向臨也詢問：

「折原臨也，我們這邊也得顧一下面子。至少先把你們那邊的執行犯交出來，這樣今後的交涉也能平穩進行下去。」

「你說執行犯？請問是哪件事？對於在這座球場中所做的事，我能想到的實在太多了。請問具體被害者是哪位？」

「當然是指殺人。就是我的部下雨木還有冰浦副知事的護衛叫錦什麼……呃……」

「是錦野。」

冰浦平淡地幫欲言又止的瀧岡補充。

「沒錯，就是殺死錦野的執行犯。錦野被殺後還沒經過多少時間，我想應該還在球場附近……如果殺手是你們雇用的，那麼就算交出來，我想也不會有太大損失吧？」

「哈哈，來這招啊。」

臨也當然不會知道犯人是誰，

而且有第二個人死，這還是第一次聽到。

錦野恐怕就是從冰浦的ＶＩＰ室送自己出來的男性吧。

「這很難靠我一個人判斷，聯絡一下上頭應該沒關係吧？」

「嗯，不過對話要全部讓我們聽見。你就在這裡聯絡吧。」

「好，無所謂。」

臨也拿起手機，用ＡＰＰ跟聶可取得聯絡。

在這一剎那，他確認到珠江的表情變得有點陰沉。

她恐怕是打算用某種方法，從普通電話線路鎖定對方的位置吧。

但是這種獨創的ＡＰＰ無法立刻分析出來。

臨也享受著珠江這種悔恨的表情，同時跟接起電話的聶可開始通話。

「喂，是我。臼原那傢伙有去妳那邊嗎？」

『哎呀——被他發現的時候超恐怖的——那個啊，我就老實跟他說了「你應該就在球場的事務所那邊」，抱歉啦。然後，他剛才要走進倉庫裡，慌忙要阻止他的警衛們就被一起拖進門裡頭。如果他從那些人那邊打聽到臨也的位置，我想就很糟糕了。』

周圍無法聽見聶可的聲音。

利用這一點，臨也裝成好像在跟「自己的雇主」講話般繼續說下去：

「其實啊，關於雨木先生跟錦野先生過世這件事，我們有需要妥協一下。臼原那傢伙是就算捨棄掉也沒問題的人材嗎？」

『……嘻嘻，是這麼回事？雨木跟錦野先生是吧？ＯＫＯＫ，所以要對誰下手？』

「嗯，瀧岡先生跟珠江小姐當然不用說。冰浦先生和球場的幹部們，也對他們的人連續被殺這件事無法接受，所以可以請妳想辦法跟上面取得許可嗎？」

『簡單說就是所有相關人士吧。嘻嘻，所以要怎麼騷擾他們？』

「總之，如果有結果就用郵件跟我聯絡。跟上頭的交涉就交給妳了，掰啦。」

「ＯＫＯＫ。那這樣我稍微去盜墓一下，嘻嘻嘻。」

結束通話的同時，瀧岡露出得意的笑容。

「臼原……那是執行犯的名字？」

「他可是相當有實力喔。如果你想立刻拘捕他，我是能協助引導。不過請務必要注意他的抵抗。」

「很不好意思，我們的裝備其實也還蠻齊全的。」

瀧岡說完後，就打開桌子抽屜拿出某件物品。

那是隱藏在雙重底層之下，附有滅音器的手槍。

「哎呀，你持有很危險的玩意啊。」

「就是因為有像你這種傢伙在，才會需要護身用裝備。當然，在你周圍的人也幾乎都有攜帶。」

他在這裡又一次得意地笑著，然後露出凶惡的笑容說：

「你剛才說過我的人材不足對吧？但你又如何？如果是你，能按照我的意思展現出完美的演技嗎？」

「真要說起來，我比較適合做幕後就是了。」

「無所謂，這不是角色問題，而是覺悟的問題。我想確認一下，你跟我是否能成為生意上的夥伴。」

於是劉生緩緩靠近，把手槍放在臨也面前。

護衛還有第三調查部的男性們慌忙把手伸到懷裡，但劉生卻露出殘酷的笑容低頭看著坐在輪椅上的臨也。

「這是我以導演身分，給你的第一份劇本。」

接著他用下巴指了指站在幾步之外的坐。

「射殺幫你推輪椅的那個老人，由你親手開槍。」

♀♂

第六接待室

「哎呀呀？折原臨也小弟在哪邊？該不會是你吧？」

臼原祐希被帶去的地方，是看來位於地下的接待室裡頭。

祐希環視周圍，那邊只有兩個小孩跟一名身穿酒保服的年輕女性。

幫自己帶路的男性已經離開房間。在那時，她發現房門還發出扣上門鎖的聲響。

但在介意那種事之前，小孩當中的男生就先出聲詢問：

「咦？姊姊你認識臨也哥？」

「唉喲，真是的。竟然叫我『姊姊』，這孩子嘴巴還真甜。」

實際上她才二十幾歲又是童顏，所以會被如此稱呼應該很尋常。不過由於身為寡婦與步美繼母的自覺，讓她深信自己是個優秀的母親。

當她搓揉著男孩的頭時，身穿酒保服的女性靠過來。

「呃，請問……您跟折原臨也先生是怎樣的關係？」

「咦？啊，對了對了。折原臨也小弟啊，是我兒子的朋友！」

「令郎的……？」

聽到對方的回答，讓黛彩葉感到困惑。

如果是她的兒子，不管怎麼樣頂多也只有五歲左右吧。

但她卻說是臨也的朋友，這是怎麼回事？

「請問……您跟臨也先生是多久之前認識的？」

「今天才要第一次見面！見面後本來打算想先向他抱怨一下的，但等到要見面時，卻又很期待他會是個怎樣的孩子！」

對這名眼中閃爍著與童顏相稱光芒的女性，彩葉完全不知該如何應對。雖然有收到通報說她是臨也的聯絡員，但怎麼看都不像。

「呃……還有，妳是？」

「啊，對了，我……我叫黛彩葉。」

在這股混亂中，彩葉忍不住報上名字。

「彩葉！好可愛的名字啊！我叫臼原祐希，請多指教喔！」

這是契機。

一個十分細微，但讓一名女性下定決心「轉行」的契機。

——啊，是這樣啊。

——我果然變遲鈍了。

——殺手可不能這麼簡單就報上本名。

——咦？可是我這戶籍是買來的，所以沒關係？

——說起來，最後一次殺人時自己根本沒有名字。

——……

——算了，麻煩死了。

——等今天工作結束後，就逃到哪個鄉下地方當個咖啡廳店員好了。

模糊地想著這些事情時，詢問自己名字的女性，繼續用那天真無邪的笑容講下去：

「對了對了，彩葉妳是在做哪一行？嗯……等等，讓我猜猜看！既然穿酒保服那就是酒保，這好像太簡單了吧。」

看到在她周圍繞圈圈觀察的女性，遙人也喊著「什麼什麼——！要猜工作嗎！好好玩喔！」然後一起繞圈。

被清純的美女跟小學男生在周圍繞圈圈，然後小學女生在較遠的地方斜眼看著自己。在這種神祕的狀況下，當彩葉幾乎要停止思考時——

「呃……難道妳是保鑣之類的？」

「？」

「因為走路方式這些都跟阿多村先生家裡的人好像，可是卻又沒有混黑道的感覺。所以應該是這類職業吧？」

祐希突然講出這種話以後，遙人也跟著大喊：

「唔——我覺得是殺手！」

「？」

「啊，我也在猜會不會是這個！那麼取中間值，就當成是間諜吧！間諜，真的很帥氣耶！所以呢所以呢？正確答案是什麼？」

看到祐希和遙人眼神閃爍著光輝這麼詢問，讓彩葉露出極度困惑的表情。但她還是勉強裝出笑容想蒙混過去。

「哈哈哈，那怎麼可能……如果我是殺手或間諜，應該會很可怕才對吧？」

聽到彩葉這麼說，遙人很乾脆地講：

「咦？為什麼？」

「就算你問為什麼……因為是殺手啊？說不定會把你殺掉喔？」

「沒問題的！也有人很好的殺手嘛！臨也哥的朋友裡頭也有很多殺手喔！」

然後祐希就像是在附和他，也跟著說：

「就是說啊，時代劇的主角也殺了很多人，不過都是好人呢。」

彩葉背脊打了個寒顫。

跟折原臨也有關的人，到底都是怎麼回事？

不管從黑白兩道任一角度的社會觀點來看，都很明顯地都並非常人。

可是另一方面，卻又很奇妙地讓她感到放心。

即使是異常狀況，但是被才剛見面的孩子信賴，讓她有股奇特的昂揚感。

——好人……是嗎？

——真傷腦筋。

——明明才剛決定今天是最後一次了。

彩葉發出充滿感慨的微笑，同時平淡地想著。

——這樣子，連最後的工作都變得很難下手。

——啊，希望不要有殺害孩子們的命令傳來。

結果只要有命令，她還是會完成工作。

無法剔除這個選項，並表示遙人他們與祐希不正常，根本上她依然是個殺手——

或者，可能還是某種更為異類的生物。

♀♂

某通道

這裡是位於後台倉庫地下，並不存在於官方設計圖中的道路。

這條通道上，四處都有人倒地。

他們是在不藤的部下之中，也對背後情況知情的倉庫警備人員。

「……」

時間要回溯十分鐘左右。

不知為何，才抓住臨也所在位置附近的聶可，她自己就開始七嘴八舌地講出：「啊，你要找臨也？這樣的話他已經不在這邊囉——說不定已經下地獄去了。」這種話，然後表示臨也是被這座球場的總經理給帶走了。

可是，現在有比臨也更重要的事。

臼原雖然不擅言詞，但還是結結巴巴地向聶可詢問，有沒有一名女性到輪椅專用區找臨也。當聶可說出「咦？這麼說來，剛才好像有個女人跟工作人員講話，然後就被帶到裡頭去……如果是來找臨也的，說不定是一起被帶去總經理那邊了喔？」，臼原立刻把她放下然後開始奔跑。

接著他把前往職員通道的入口門稍微一轉，就將門把與鎖弄壞了。打算阻止他的警衛也被直接拖進去然後昏迷。

臼原直接往裡頭前進。他打算找個看起來會知道總經理在哪邊的警衛，接著威脅他把地點說出來。

但從中途開始，氣氛就變得很奇怪。

警衛們最初雖然還手持特殊警棍，接著開始拿出電擊槍，最後還亮出小刀跟手槍。

這些很明顯不該是球場警衛拿著的東西。

臼原憤怒地覺得這也是臨也的陰謀，同時擔心繼母的安危。

雖然才認識兩年，但他也確實明白了很多事。

那位繼母實在是過度接納了一切。

不但跟自己隸屬的富津久會黑道人物馬上混熟，也能輕鬆與敵對勢力的人交談。

由於她還有超群的觀察力，所以能明確看穿對方是否為普通人，但即使如此還是能毫不拘謹地跟對方攀談。

這只能想成她腦袋裡，根本就缺少能感受所謂「恐懼」的器官。

另一方面，也正因為她是這樣子，才能把自己這種人叫成「兒子」然後普通地對待。想到這點就讓他的心情感到很複雜。

在想著這些事情同時，臼原抓住拔出手槍的男人，把他的手指一根根折斷來質問總經理的所在處。

男人雖然在折到第四根時招供了，但如果放過他，結果又再拿槍出來也是麻煩，所以正想把對方的脖子折斷時——繼母的臉浮現在他腦海裡，於是臼原只把對方其他手指跟雙肩、雙肘、雙手腕的骨頭全部弄脫臼後，就放過他了。

只不過，對方在手肘脫臼時就昏過去了。

臼原步美。

扣除掉太過顯眼的外貌，以他那破格的力量，加上能處理操作手機跟開鎖這類細膩的作業，可說是位非常優秀的破壞者。

只不過，那個唯一的缺點實在是非常不利的條件。

「什麼……？有……有怪物？」

又有一名注意到他的男性，從懷中掏出短刀衝過去。

對方持刀的方式雖然跟前一個職場打垮過的職業殺手相同，但總之臼原在那把短刀的射程外，以有如砲彈的速度使出前踢。

「你是白痴嗎！……嗚……啊。」

短刀雖然刺進鞋底，但是這對於鞋底藏了鐵板的特製安全鞋來說，是毫無作用的。

應聲折斷的短刀跟自己的手都被捲入，巨大的靴子直接陷進男子心窩。在感受到這股衝擊讓臂骨支離破碎的同時，第三調查部的殺手在通道上彈跳幾下後，就此陷入沉默。

然後臼原繼續走向辦公室。

如果臨也在那邊，就當場宰了他。

如果繼母在那邊，就先救她出來再暫時離開現場。

問題在於臨也跟繼母在一起的情況下該怎麼辦。

思考著這些事，從項圈中解放的「阿多村的馴鯨」拖著沉重腳步在通道上前進。

他完全不知道從這一天開始，江湖上給他取了「摧毀球場的藍鯨」這個渾號。

♀♂

劉生的辦公室

被遞來一把槍後，臨也笑著對劉生說：

「難道你沒想過我會用這把槍瞄準你？」

「當你把手朝向我這邊的瞬間，立刻就會變成蜂窩。如果你有自信開槍比護衛的反應速度要快，那就不妨一試。就算能射穿我的腦袋，你還是會被打成蜂窩。」

聽到這句話，臨也往周圍看去。

於是有幾名男性從懷裡掏出槍械，看起來像是要準備能隨時射擊。

「……」

臨也臉上的笑意稍微減少，並且往被百葉簾覆蓋的窗戶看去。

「啊，話先說在前頭。想射擊窗戶，讓觀眾察覺到異樣也沒用的。百葉簾另一頭的玻璃是防彈的，那種程度的槍只有鉛彈會碎裂。」

「真傷腦筋耶，難道說這是真的要我對坐先生開槍？」

「坐？真是奇怪的姓氏。不過，不管是坐還是奧賽羅都無所謂。那把槍裝滿了子彈，到命中為止要開幾槍都無所謂。不過如果有流彈跑到我這邊來，你就會在下一瞬間死去。」

「要我射殺坐先生……這種事，根本不可能辦到啊。」

劉生與珠江聽了感到訝異，然後冰浦也皺起眉頭。

他們都從臨也身上感受到不把他人性命當成一回事的氣息，所以都很驚訝於這個老

人對他而言居然是如此特別的人。

——可是既然如此，為什麼還要帶到如此危險的地方來？

冰浦雖然浮現這樣的疑問，但劉生像是「發現對方的弱點」般露出殘虐的笑容，開始看著老人與臨也互相比較。

「哈哈哈！情報商人，你也是普通人嘛！看來能有意想不到的悲劇演出。不過你不用難過。只要能跨越悲傷，接下來就可以享有跟我合作的光榮。」

「……真的非要這麼做不可？」

臨也微微流出冷汗，劉生則用最愉悅的笑容搖搖頭。

「那當然。如果辦不到，你那些小孩夥伴跟年輕的女性聯絡員就準備送死。」

——年輕的女性聯絡員？

——怪了，聶可剛剛才跟我通過電話。

雖然感到困惑，但目前臨也沒空去分析那條情報。

臨也像是要求助般，往坐那邊看去。

「臨也閣下，請不用在意鄙人這身老骨頭，儘管開槍吧。既然都已經活到這把年紀，也幾乎沒什麼遺憾了。」

「坐先生……你別說那種話嘛。」

臨也有如懇求般搖著頭，但坐則是露出平穩的笑容點點頭。

「來，請開槍吧。比起我這種老糊塗，孩子們的性命必須放在最優先。」

♀♂

觀眾席

「啊，糟糕。」

還在繼續用筆記型電腦作業的聶可，好像想起什麼般大喊。

「我忘記跟臨也那傢伙說臼原在找那個女人的事……算了，沒差吧。」

周圍的觀眾們雖然都開始站起來唱毒蛇隊的加油歌，但聶可還是事不關己地繼續敲打鍵盤。

然後，她立刻搜尋到沉眠在網路之海裡的某份資料。

臨也聯絡自己時，得知了兩名被害者的名字。

把這兩個名字跟已經調查結束的瀧岡和冰浦，或者是球場相關人員的名單比對後

——聶可發現到成為自己名字由來的「工作用道具」。

她盯著那份資料，欣喜若狂地不斷笑著。

「嘻嘻嘻！找到兩具新鮮的『屍體』啦！」

她這危險的低語被加油歌的大合唱蓋過，沒有傳到任何人耳中。

♀♂

劉生的辦公室

「哈哈哈！老爺爺，你膽量不錯嘛！來吧，折原臨也！回應這位老人的心願吧。」

「……」

相較於情緒高亢的劉生，冰浦眉頭深鎖。

——坐（Sozoro）……？

——奇怪，總覺得好像在那邊聽過……

可是在他想出這個答案之前，辦公室裡的狀況已經開始轉變。

「真沒辦法耶。」

嘆出一口大氣後，臨也臉上的表情全數消失。他像是要確認般跟坐說：

「聽好囉，坐先生。我是在受到威脅之下才無可奈何得這麼做喔？因為不是違約，所以這點請你務必好好想清楚。畢竟，這都是為了救遙人他們。」

「這點鄙人很清楚，不會怨恨閣下的。請快開槍吧。」

「……？」

正當劉生覺得兩人的對話詭異，在下一瞬間，臨也就扣下扳機。

然後沒有任何躊躇，往坐的方向射出子彈。

剎那間——滅音器發出微小的聲響，讓老人的身影產生搖晃。

雖然一瞬間還以為是老人中槍的衝擊讓他身體搖晃，但情況有點奇怪。

仔細一看，臨也在輪椅上壓住「右手」而且身體向前彎曲。

而天花板附近，有某種黑色物體在旋轉浮游。

不過黑色塊狀物只是畫出一道拋物線，就開始自由墜落。

注視著臨也按住的右手的人發現到了。

他的右手腕，整個軟趴趴地向下彎曲。

注視著黑色塊狀物的人發現到了。

黑色塊狀物正是在前一瞬間，臨也還握在右手中的手槍。

以結果而論，就是坐躲過射出的子彈後，同時對臨也的手發動反擊，那股衝擊讓手槍彈上空中——

在下一瞬間，手槍已經落進坐的手中。

如此而已。

「什……」

周圍的人由於驚訝而產生些微的空檔，坐立刻雙手舉起裝上滅音器的手槍轉過身來，並扣下數次扳機。

啪咻、啪咻。透過滅音器發出的模糊爆裂聲連續響起，持槍的人們接二連三地被射穿手臂或肩膀。

「啊……」「嗚啊……」

然後當持槍成員無法再舉起自己的手時，坐緩緩地把槍口指向劉生。

「……你這……傢伙……？」

由於事情太過突然，讓他的思緒無法追上。於是他只能訝異地出聲。

「你應該別嫌麻煩，把子彈弄到只剩一發才對。或者該準備最適合這種餘興節目的左輪手槍。那樣當子彈射光時，就會變成讓鄙人稍感困擾的結果。」

坐並沒有斷言對方已經失敗，而是告誡對方的大意與傲慢。

「哎呀呀，鄙人雖然也會使用道具，但基本上還是以空手搏鬥為主，所以很不擅長使用槍械。不過即使如此，這種距離可不會射偏喔。」

「嗚……唔……」

這呻吟聲，並不是出自被槍指著的劉生。

而是依舊在輪椅上彎著身體的折原臨也發出來的。

坐完全沒有半句虛假。

儘管開槍，不會有所怨恨。這些話全部所言屬實。

可是臨也當然也注意到了。

就是他從來沒有說過，自己不會反擊。

「好……！……痛！好痛啊！坐先生！手腕！我的手腕脫臼了耶！」

而坐則是對發出抗議的臨也說道：

「用槍指著鄙人，能只受這點程度的小傷您就該心存感謝了。再說您就是知道會變成這樣，所以才用非慣用手的右手來握槍吧。」

才剛說完，坐就握住臨也的手腕上下輕輕晃動。

「等一……啊嘎？」

臨也坐在輪椅上發出怪聲。但下一瞬間，臨也的手腕不可思議地被接回原狀。

只不過疼痛似乎還沒消失，臨也即使滿頭大汗，也還是強忍痛楚裝出笑容。

「……真是的，這都是劉生先生的錯喔？拿槍指著坐傳助這種事，通常就跟叫人去自殺沒兩樣耶？」

「！」

對這句話產生反應的是冰浦。

——坐（Sozoro）……坐傳助！

「難道是……唐獅子傳助嗎！」

耶。」

「哎呀，雖然阿多村先生好像也知道，不過坐先生在年長者之間真的很有名氣

提起過去因為某個事件而認識的壯年大企業家後，臨也在輪椅上蹺起二郎腿。

然後好像完全感受不到手腕跟背骨的疼痛，以若無其事的表情開口：

「好啦，既然各位也明白我們這邊有什麼樣的人材了，那就繼續來談生意吧。」

「你這傢伙……才剛醜態百出，真虧你還能露出那種表情……」

「這個嘛……我不太懂你在說什麼啊。」

當臨也跟冰浦正在交談時，有個黑影在動彈不得的護衛，還有正因為手臂被射穿而發出呻吟的第三調查部成員後頭蠢蠢欲動。

那是擔任警備主任的不藤。

他躲藏在護衛們背後，低聲用無線電聯絡。

（緊急狀況，所有人去拿武器到總經理辦公室！還有黛，妳把在那邊的傢伙隨便帶一個過來！臨也跟那老頭很危險！我們需要人質！聽到了嗎！）

也許是因為劉生被槍指著，讓他開始覺得既然事情變成這樣，那麼就算這位雇主死掉也無所謂——不藤只想趕快逃離這種莫名其妙的狀況。

♀♂

第六接待室

「……」

聽到不藤從無線電傳來的話，讓彩葉嘆了口氣。

——嗯，這樣啊。

——第三調查部和護衛，果然無法對付那個老爺爺。

——……現在就算帶一、兩個人質過去，我想也無法改變什麼。

——不過，這也是……工作。

她平靜又深沉地下定決心，這都是為了把思考轉換為「工作」用的模式。

只不過祐希像是要打斷這個轉換作業，向她出聲問道：

「彩葉，妳怎麼了？表情好恐怖喔。」

「……」

彩葉板起臉孔，對房裡的三人說：

「要請你們其中一位跟我走一趟。」

「咦？要去哪邊？」

遙人這麼詢問，她也很直接地回答：

「要去折原臨也先生那邊。」

──雖然我想一起過去的人，可能會遭遇到危險的情況。

這句話沒說出口就結束了。

再怎麼說，也實在無法對最糟的情況下，可能會被自己親手殺掉的人說出口。

「要去臨也哥那邊？知道了，那就讓我……」

「遙人小弟，不行喔。」

打斷遙人講話的是祐希。

「咦？」

「把緋鞠妹妹留在這裡會很可憐吧？臨也小弟如果沒辦法同時見到你們兩個，會很擔心地說『緋鞠她怎麼了？』才對吧？」

「啊，對喔……說得也是。緋鞠，對不起。」

「我……」

緋鞠用困惑的眼神看著祐希和彩葉。

祐希對她露出笑容，然後拿起旁邊的電視遙控器說：

「來來來，你們就在這邊看電視等著吧。臨也小弟一定馬上就會過來了。」

然後打開電視，隨便轉到一個頻道。

看到遙人馬上坐到電視機前面，緋鞠也在稍陷迷惘後，對祐希深深一鞠躬。

「……為什麼妳會跟我一起來？」

來到外面的通道時，負責監視的男子已經不在了。

恐怕是被不藤呼叫，所以都前往總經理辦公室。

彩葉在前往辦公室的路上這麼問，祐希哈哈笑著說：

「畢竟我還是不希望小孩死掉嘛——」

聽到這句話，讓彩葉瞪大眼睛問她：

「為、為什麼……」

「別看我這樣，可也是當了步美的母親兩年多……以往也見過各式各樣的人，所以這種事情大概都能感覺出來。包括妳是個會徹底完成工作的人。」

「既然如此，那就更……為什麼妳會……」

只要選擇讓孩子去，自己暫時就能安全。視情況說不定還能逃出去。

既然察覺到是如此危險的狀況，那為什麼還要自願過來？

「嗯……只是順勢而為吧，就跟結婚的時候一樣。」

祐希那張童稚的臉龐露出自嘲的笑容後，像是要讓彩葉放心般開口：

「而且跟我說的這些相比，妳更討厭傷害孩子們吧？如果可以，妳是不是想轉行？」

這次彩葉真的整個人僵住不動。

彩葉用活像看到會讀心的怪物般注視對方，祐希則像個孩子般笑著，並且說道：

「只要看表情就知道啦。彩葉，妳不管在想什麼都會直接寫在臉上喔？」

聽到這句話，彩葉情不自禁地用手撫摸自己的臉。然後好像原本附在自己身上的東西都消失般發出苦笑。

雖然是苦笑，但自己已經許久沒像這樣打從心底露出笑容了。

同時仔細想想，自己真的很不適合當殺手。

♀♂

劉生的辦公室

「所以……你以為這樣就贏過我了嗎，折原臨也？」

劉生從喉嚨深處，朝手腕紅腫的臨也發出充滿怨憎的聲音。

雖然跟拿槍指著自己的坐距離數公尺，但是從剛才的本事看來，毫無疑問地能輕鬆命中。

劉生陷入動彈不得的狀況，臨也對他說：

「這可無關勝負喔，我只是來交涉的。」

「既然你雇用了那個跟怪物沒兩樣的老爺爺，那我就能理解了。也難怪這種狀況下你還能毫不畏懼，果然在那場停電之間殺掉冰浦先生護衛的人……」

「不是我們幹的喔？」

「……什麼？」

出乎意料的回答，讓劉生感到困惑。

「我們的確是為了正當防衛而使他無法動彈，不過可沒做出折斷頸骨這麼殘酷的事。而且跟冰浦先生的交涉都那麼順利，哪有理由殺害他的部下？」

「等一下……什麼叫正當防衛？」

冰浦提出疑問，臨也很乾脆地回答：

「我們被襲擊啦，就在剛剛停電的時候。」

坐像是要補充說明般開口：

「在停電的瞬間就有很明顯的感覺，他想直接勒住鄙人的脖子。於是在重擊喉嚨與胯下後，就把他擱在原地不管了。」

「這是怎麼回事……？」

冰浦像是完全搞不清楚狀況般瞇起眼睛。

「我們是被陷害的啦。哎呀，想必真凶一定是群很恐怖的傢伙。」

「你到底想說什……」

正當劉生講到一半時，辦公室的電話響起。

「……」

「啊，請便。要接電話也無所謂。」

在臨也催促下，劉生拿起電話接聽。

老實說，被槍指著的情況下，根本不是接電話的時候。但是顯示在液晶螢幕上的號碼，是絕不能忽視的對象打來的，所以劉生接起這通電話。

「……您好。是，我是瀧岡。」

略隔一陣子後，劉生緊皺眉頭。

「是……您是說電視嗎？」

聽到這句話，臨也嘴角微微上揚，並低聲說道「Bingo」。不過並沒有任何人聽見。

劉生就這樣莫名其妙地按下投影機按鈕轉換頻道，房間另一頭的投影幕映出電視的影像。

然後，出現在上頭的是——

♀♂

第六接待室

「唔——」

遙人雖然拿著遙控器不斷轉台，但最後還是疑惑地把遙控器擺回桌上。

「為什麼啊，全都播一樣的東西好無聊喔！」

「……新聞的緊急插播？不對，但是每一台真的都是相同畫面……」

緋鞠看著「所有頻道都播出的相同畫面」——在確認其中內容的瞬間，眉頭變得更加深鎖。

並不是因為影像的內容。

而是她確信現在電視上發生的事件還有自己現在的狀況，全都跟折原臨也有關。

♀♂

劉生的辦公室

「通告夏瓦集團。通告夏瓦白夜丸。通告瀧岡劉生。」

「立刻放棄夏瓦球場『燈光』與『臨演』的權利。」

「我們已經向世界宣告，這並非威脅。」

純白的畫面上，反覆顯示出這三行字句。

在轉換的空檔，還被插入令人無法理解的影像跟幾何學圖案，同時混進似乎有人在竊竊私語的雜音。是段光看就讓人被不安的氣氛所包圍的詭異影片。

一開始還懷疑是不是誰的電腦螢幕畫面被播放出來。可是多轉換幾個頻道後，就會明白這並非那種可以靠常識判斷的現象。

選擇的電視台裡頭，除了正在播出動畫的某台以外，都播放著相同的影像。

「訊號……干擾？」

劉生臉頰微微抽搐並這麼說著，臨也看著手機說道：

「是啊，現在……網路上好像引發大騷動了。」

「什麼？」

「夏瓦集團正在休假的工廠爆炸，然後夏瓦食品門口被擺了下毒的罐子喔？所謂『向世界宣告』似乎就是這麼回事。哎呀，這原本應該只是還沒浮上檯面就會被掩蓋掉的事，但看來要變成會讓日本為之震撼的大事件啦！」

臨也彷彿事不關己地說著。

但是辦公室裡其他人，不管是劉生、珠江、冰浦、祕書、不藤還有護衛們，甚至連手臂跟手掌被射穿而苦不堪言的人，都因為狀況發展得太快，而無法讓思考跟上。

劉生在無意識間把電話放下中斷通話，腦中閃過各式各樣的想法。

——在這種時代，還有可能干擾各電視台的訊號嗎？

——不，是否可能已經無所謂了。問題在於，實際上已經被干擾了。

——為什麼。

——到底是誰？

——對了，幾年前九州也有類似的事件。

——這會成為全日本的話題。　——為什麼「臨演」會洩漏？

——這要怎麼掩蓋？　——不可能。

——證據能在警察抵達前處理掉。　——但夏瓦絕對會做內務調查。

——完蛋了？　——我嗎？

——誰會做出這種事？　——殺人也是爆炸跟毒物的一環？

——再說，威脅信上頭只寫著「把顧客名單和交易紀錄交出來」……

不管哪個疑問都沒有答案。

可是——辦公室裡所有人的困惑，並沒有到此結束。

劉生的手機響起。

「……」

本來以為是剛才掛斷後夏瓦集團本社直接改打手機，於是他往畫面望去。

那邊除了郵件的來電通知，還記載了寄信人的名字。

那是絕不可能顯示的男性名字。

「雨木……？」

應該已死的雨木寄了郵件。

劉生像是被附身般，以拇指在畫面上滑動，打開那封郵件。

『竟敢殺了我』

那是很短的內容。

光是這樣只會更加困惑。

但接著如同不打算給劉生有閒暇思考般——從珠江與不藤開始，房間內其他人的手機也開始接二連三響起。

劉生的 手機也繼續有郵件傳來。

雖然大半都是雨木傳來的郵件，但其中有個不認識的信箱網址。

不過從寄信人的「錦野」這個姓氏看來，他相信這個人恐怕就是那個冰浦的護衛吧。

當然，冰浦的部下已經死了。

現在雖然躺在倉庫等待處理，但怎麼想都不可能復活爬起來寄發郵件。

——那麼，是誰在用手機……

——不……

先不管錦野那名男子，雨木的手機已經被處理掉。

可是現在這邊的手機，依舊陸續有從電腦、手機兩邊的網址傳來詭譎的內容。

『爐爐爐　爐爐』　『不是我』　『救命』　『珠江』　『冰浦先生』

『背叛了』　『為什麼是我』　『夜　就先生　旁邊』　『沒有　他』

『不藤』　『飛行船墜落』　『被騙了』　『瀧岡劉生』　『　』

從毫無意義的文字排列、相關人士的人名到好像在痛罵什麼的字眼，各式各樣的語句絡繹不絕地以郵件送來。

「這到底是什麼東西？」

死人不可能傳郵件過來。

但說這是惡作劇好像也有點怪怪的。

劉生與冰浦，還有護衛們雖然只是皺起眉頭——

但觀察房間內部情況的臨也，注意到有兩個人很明顯地臉色發青。

「妳怎麼了？珠江小姐，妳臉色很難看耶。」

「……！我沒事，我從以前就很討厭這種像驚悚片的情節啦。」

雖然故作平靜，但她的指尖微微顫抖。

可是珠江似乎也不打算再說下去，繼續使用她的平板電腦。

臨也在確認後，就對另一個人出聲。

那個人原本看起來就生性懦弱，現在視線更是亂飄到活像眼球要彈出來。

「那邊那位看起來神色也很糟糕耶，沒事吧？」

「不、不對……不對不對！不對！」

臨也向他出聲詢問後，這名男子有如潰提般開始大喊。劉生把視線移過去。

「……不藤？」

「不、不不不、不是我！我怎麼……怎麼可能！跟我無關！我怎麼可能去做炸彈恐怖攻擊還有毒物……不是我！可惡！我只是發現雨木的屍體……該死！」

然後不藤有如發狂般指著珠江大喊：

「是那傢伙！就是那傢伙！全都是那傢伙幹的！我知道！我全都知道！妳跟冰浦的

那個護衛聯手！你們……你們聯手策劃這件事！」

不藤顫抖著高喊。冷汗從珠江的臉頰流下，她混雜著嘲笑回答：

「你在說什麼啊，不藤？你究竟怎麼了！」

「囉唆————！」

啪咻，單調的聲音響起。

不藤握在手上的東西跟分配給第三調查部的相同，是裝有滅音器的手槍。

子彈從珠江臉頰擦過，被射穿的頭髮散落到地板上。

遭遇這種狀況後，她全身不斷發抖地跪坐到地上。

「給、給我……給我滾開！都給我滾開————！不是我！我只是，我只是把犯人……只是殺掉犯人而已！什…什麼恐怖攻擊還是下毒，為什麼會變成那麼嚴重的情況啊！可惡！這些不是都該掩蓋掉嗎！該死！該死該死該死該死啊————！」

他口中喊些莫名其妙的話，同時舉槍要脅護衛們退開，然後就此往房間的入口跑出去。

這時候房間的門正好打開，有兩名女性打算進入房間裡。

「我帶了一名人質過來……」

「別擋路————！」

不藤揮舞手槍並大喊著，然後把站在門口的一名女性撞飛。

「呀啊！」

那位嬌小的女性被體格壯碩的不藤撞飛，頭撞到走廊的牆壁後昏了過去。

臉色發青的男性跑過她身邊，逐漸遠離房間。

「祐希小姐！」

看見身穿酒保服的女性慌忙跑出去走廊的背影，臨也微微感到疑惑。

——雖然她說……帶人質過來。

——但那個被撞到走廊上的人是誰？是什麼人質？

但他決定之後再去思考。

因為當下在自己眼前，正有一名人類準備迎接人生的最高潮。

「……」

面對不斷發生在眼前的怪事與壞事，劉生完全不知道這到底是什麼情況，只能訝異地站在原處。

於是，桌上的電腦也開始不斷響起有郵件寄來的聲音。

寄信人的信箱網址，果然還是雨木或錦野這些死者——不過這裡卻還加上錦野跟某人利用郵件和社群網路服務交談的附件。

「……」

劉生完全忘記自己正被槍指著，全神貫注地凝視附件檔案的內容。

然後稍微過一下子之後——他過去那些驕傲自大的態度全數剝落，並且以有如鬼魂般的表情看著自己的妹妹。

「珠……江……？」

「……」

珠江完全沒有回答。

她的平板電腦也被寄送了相同的檔案。

手邊機器內原本應該已經全部消除的對話，被人以留在伺服器上的殘渣復原，成為完整的證據遭到揭發。

「是妳……殺了雨木？」

「……」

「珠江！回答我！」

「……不是我，下手的人是錦野。」

聽到這句話，讓冰浦的表情僵住。

「這是怎麼回事……？也就是說，那封威脅信是錦野寫的？」

「啊，原來如此。」

臨也像是明白一切般點點頭，然後插嘴說：

「就是負責管理監視器的珠江小姐，自己將球場的部分監視器畫面換成靜止圖像吧。然後再帶領身為執行犯的錦野先生進來……」

聽到這個推測的劉生，似乎完全無法接受地搖頭。

「怎麼可能……為什麼？威脅信上要求的顧客名單跟交易紀錄……妳不是早就有了嗎！那為什麼還有必要特地用威脅的手段來取得！」

於是坐倒在地上的珠江，露出放棄一切的表情開口：

「因為……就這麼利用在『買賣』上，不就會被發現是自家人搞的鬼嗎？」

臨也像是通曉一切般點頭，並且幫這句話補充：

「也就是說，要讓內部資料被『神祕的威脅犯』外流出去，讓自己不會被起疑後再用來賺錢……就是這樣吧。」

聽見臨也微笑著如此說明，冰浦的嘴巴數度張合後問道：

「給我等一下，那這樣你……難道說你跟威脅信還有殺人完全沒有任何關聯？」

「咦？我有說過跟自己有關嗎？如果有說那還真是抱歉，這是騙人的。如果認為沒拿到錢的情報商人會講真話，可是會惹禍上身喔？」

臨也坐在輪椅上聳聳肩說出的這句話，讓冰浦張大了嘴完全合不攏。

看到這種情況，珠江露出崩潰般的微笑瞪著臨也：

「感覺我的腦袋也要出問題了。因為你們突然出現，裝出一副自己就是犯人的樣子，所以我想質問你們到底想做什麼，才叫錦野先生去威脅你們。」

「這麼說來，那場停電是……？」

「機關是我設的，開關則是錦野先生拿著。原本是打算殺掉不藤這個層級的人啊。呵呵……呵呵呵。」

♀♂

通道

——太奇怪了。

——為什麼，為何會變成這樣？

把女性撞開後在通道上奔跑，不藤開始回想自己過去的行動。

發生停電時，他剛好在通道轉角聽見呻吟聲。

他戰戰兢兢地窺探並用手電筒照亮通道時，就發現黑暗中有人倒在地上，也明白那就是冰浦副知事的護衛。

不藤心想得去幫他而靠近時，看見掉在男性身旁的奇怪按鈕。手機也掉在按鈕旁邊，看來是從同一個口袋掉出來的。

不知道這名男子是遭到什麼攻擊，身體不斷地痛苦抽搐。

感受到險惡氛圍的不藤，看著那支手機的畫面。

結果看見上頭寫著「把麻煩的傢伙解決掉了嗎？」這種內容，讓不藤渾身為之一震。

他心想：「該不會是那樣吧？」，於是查看郵件的歷史紀錄。雖然一定期間之前的歷史紀錄全都被刪掉了，但裡頭還留有詳細的交談與指示內容。

身為屍體第一發現者的不藤立刻理解。

那些對話，是為了確認殺害雨木的步驟。

而且從關於監視器的步驟，他注意到這封郵件是寄給珠江的。

犯人就在眼前，共犯就在內部。

雖然對此感到恐懼——但他內心同時湧現出欲望。

只要在這裡殺掉這個男人，自己說不定就能繼承那份利益。

不藤在心中不斷喊著「這是幫雨木報仇，這是幫雨木報仇」這句話——

回過神來，他已經在黑暗中抓起昏倒的錦野並掐著他的脖子。

然後，傳到手臂上的吱嘎聲響，雖然讓不藤感到想吐，但他對自己說如果在這裡停手就會是地獄，最後終於將對方的頸椎折斷。

接著為了避免被人撞見，他把男人的屍體拖到附近的ＶＩＰ室前方。

——再來……再來明明只要等我暗中威脅珠江小姐就好了！

——珠江小姐應該要屬於我啊！

只要警方不介入調查，錦野和雨木被殺這件事，應該會被當成是同一個人的犯行來處理。

之後只要等證據跟屍體一起被處理掉，雨木被殺時擁有不在場證明的自己就不會遭到懷疑。

——原本應該這樣的！可是炸彈是怎麼回事！電波干擾又是怎麼回事！

——為什麼我非得變成全國等級的恐怖分子！

——可惡，既然這樣只能逃走了！

——雖然不知道能從那個劉生手中逃多遠，但總而言之——

思考到這邊時，他突然無法前進。

腳雖然有在動，但身體卻停下來。

「啊……咦？」

慢了一瞬間，不藤才理解自己的頭被某人抓住，然後就這樣被單手舉到半空中。

「啊嗚！啊！啊！啊啊！」

嘎嘰、嘎嘰的恐怖聲響傳出——幸好他的頭骨沒被折斷。但不幸的是，結果不藤是被一股猛烈的力道扔了出去。

那速度與其說是從投手丘上投出的直球——更像是被強勁的力道打回來，有如子彈般的平飛球吧。

不藤雖然在當下昏厥——但是慘劇並不會到此結束。

♀♂

數分鐘前　通道上

當臼原在尋找總經理辦公室時，剛好看見繼母的身影。
她在身穿酒保服的女性帶路下，正要進入一間門口很氣派的房間。
明白那邊就是總經理辦公室後，臼原快步地前進。
雖然費了一番功夫才找到，不過人平安無事就好。
再來就是要讓她脫身，然後得將總經理辦公室裡的折原臨也跟坐傳助擊潰。
臼原抱持這樣的義務感，但還是對繼母似乎很有活力的模樣感到高興——
但事件就在他眼前發生。

「別擋路————————！」

怒吼聲響起，有某種東西從房間裡飛出。
那是前一瞬間，還天真無邪地笑著的繼母身影。
伴隨著微弱的驚呼聲，纖細的身體整個撞到地面上。
繼母似乎是被跟著出來的男性撞飛——或許是撞到頭了，她就此倒在通道上紋風不動。

接下來的幾分鐘，臼原完全失去了這段時間的記憶。

♀♂

劉生的辦公室

劉生雙手撐在桌子上，臉色有如死人般蒼白。

他的電腦依舊有郵件傳來，但寄信人的名字已經不只雨木和錦野兩個人。

過去被處理掉的自由記者的名字也開始混入其中，裡頭也包含了證明沉睡在地下倉庫的「那個」存在的證據。

這簡直就像死人從陰間復活，把自己逼上絕路的情況。

「再怎麼說，你也無法為死人安排角色吧？」

臨也像是要再推他一把，對站在絕望深淵旁的劉生說：

「哎呀，真是有趣。你真的是個很優秀的人喔，瀧岡劉生先生。這讓我感到很可惜。如果再早一點用不同的方式相遇，我們說不定就會成為朋友。要我成為你的演員也沒問題。可是，我們卻用錯誤的方式相遇。真是的，所謂『單純的偶然』真的是很麻煩啊。不過是些雞毛蒜皮的瑣事，也能完全改變人類的命運。」

「臨也閣下，鄙人認為別做無謂的挑釁會比較好。」

坐雖然如此告誡，但臨也的舌頭還是停不下來。

「到目前為止你所扮演的，真的是劉生先生自己嗎？」

「……！」

「你果然是個傀儡。自己幫自己掛上絲線，為了扮演『強悍的自己』而拚命拉動絲線。真是個悲哀又滑稽的傀儡。」

「閉……嘴……」

聲音雖然在發抖，但劉生的手指卻用力抓住桌面。

「啊，比任何人都更接近傀儡，卻也比任何人更像人類！太棒了！看到你就讓我內心為之雀躍！如果這裡真的是劇院，我會從觀眾席毫不吝惜地為你獻上喝采吧！太完美了！實在是優秀到讓我想獻上如雷貫耳的掌聲——」

「你給我閉嘴！」

劉生從桌子裡拿出另一把手槍，用它指著臨也。

雖然這是做好被坐開槍的覺悟，打算跟臨也同歸於盡的行動——

但是此時，第三次的困惑登門造訪。

話雖如此，但與其說是困惑，更像是恐怖本身。

要更進一步說明——對於折原臨也而言，這也是同時帶來困惑與恐怖之物。

總之應該造得很堅固的大門有如合板般被扯開。那道門被撞破，一名男子直接衝了進來。

手腳往奇怪的方向扭曲。他的臉因為嚴重內出血，而像蘭壽金魚般整個腫脹起來。

雖然勉強還有呼吸，但如果放著不管沒接受治療，應該難逃一死吧。

瀧岡劉生從對方變得破破斑駁的服裝，得知他就是剛才跑出去的不藤。

——……什麼？

——這次又是什麼情況？

——這也都是折原臨也搞的鬼？

劉生這麼想著並看著臨也那邊，只見他也用困惑的眼神看著門口的方向。

——……？

劉生順著臨也的視線，看向壞掉的門——

只見通道與房間之間，站著一隻怪物。

「……」

那是一名巨大的男子。

猛獸般的眼睛在藍髮下瞪視。以其周圍為中心，整張臉有大半被繃帶覆蓋。

眼神中幾乎看不見理智。與其說他嗑了藥，看起來更像是單純因為憤怒而失去理性。

如果說他是科學怪人那種怪物，現在的劉生也會直接相信吧。

這名巨漢就是有如此魄力——更重要的，明明才剛失去一切而陷入絕望，但現在卻發現自己正因為感受到死亡的恐懼而在發抖。

那怪物環視房間內部一圈——然後就目不轉睛盯著坐在輪椅上的男子。

眼神依舊燃燒著怒火，同時又露出好像在說「找到仇人」般的凶惡笑容。怪物緩緩地向臨也發出怒吼。

「折原……臨也————————！」

「啊，這下子有點糟糕了。坐先生——可以麻煩你嗎？」

「是無所謂，不過那樣就沒有人拿槍牽制瀧岡閣下了喔？這段期間就算您被開槍打死，鄙人也不會負責。」

臨也往那邊看去，只見劉生把手伸進抽屜裡。

恐怕已經把槍握在手中了吧。

「呃……劉生先生，那現在我們要不要暫時休戰？冰浦先生，也請你幫忙遊說一下嘛……咦，奇怪？」

「……」

劉生只是沉默地交互看著臨也與臼原，冰浦則早已帶著祕書躲到房間角落去。

臨也困擾地聳聳肩，然後似乎也不太害怕地搖搖頭。

「沒辦法啦，那我只能自己想辦法解決了……」

他露出認真的眼神，準備啟動安裝在輪椅裡頭的各種特製機關。

「開始坐輪椅之後，這說不定是第一次要認真開溜。」

臨也有一瞬間想起池袋的事，微微皺眉後又笑了出來。

「……雖然我想動作應該不會比『那傢伙』還要快就是了。」

然後，在辦公室前面的通道上，還有另一名感到困惑的人。
就是祐希昏過去以後，正在照顧她的黛彩葉。

稍微回溯一下時間。
彩葉查看了祐希的狀況，她雖然陷入昏迷，但瞳孔與呼吸都很正常。
總而言之，並不是立刻就會有生命危險的情況。
正當她放心鬆了口氣的瞬間——
彩葉看見顏面腫成一團的不藤，疾速從自己身邊通過。
剛剛才撞飛祐希並且逃跑的不藤，現在化成半個肉塊水平飛出。
然後像是要追上去似地，一名看起來只會讓人聯想到怪物的男人走進房間裡。
彩葉雖然目瞪口呆地心想，自己是不是在作夢——

「折原……臨也————————！」

但是聽見那怪物的咆哮，她立刻回過神來。

看來怪物的目標似乎是折原臨也。

那麼，自己算是安全的嗎？

可是——

「對呀！臨也哥很厲害喔？」

彩葉突然想起遙人的笑容。

然後她開始想像。

如果折原臨也就這樣被怪物殺死，那個名叫遙人的少年一定會很難過吧。

然後……

——我不想讓那孩子哭泣。

她思考著這種事。

就是有了這種想法。

——……

——我果然沒有當殺手的素質啊。

不借鑒於過去曾殺死數人的事蹟，只反省現在的自己。她自嘲地笑著。

就目前來說，被要求把人質帶來後就沒有後續命令。

既然沒有命令——那自由行動也無所謂吧。

接著，她踏進房間裡。

出現在視線前方的，是緩緩走近坐輪椅男性的巨大人影。

——啊，真糟糕。

——這個高大的人，也讓我背脊發麻。

——雖然方向性完全不同……但他大概是跟那個老爺爺差不多危險的對手。

——？為什麼那個老爺爺，要拿槍指著劉生先生？

——感覺明明是赤手空拳比較強……算了。

——不過是這樣啊，那個高大的人也很強悍……

——當然是很強悍吧，畢竟他跟老爺爺相反，看起來就很強。

她鬆開酒保服的一部分，然後拿出藏在下襬裡的兩根冰鑿。

——不過，就算如此……算了……

然後她雙手握住冰鑿，放低身體並緩緩前進——然後用爆發性的加速度往巨漢背後突擊而去。

「就算如此……那又怎樣！」

她依舊不知道這名有如怪物的巨漢，就是讓自己擺脫束縛的女性之子。

♀♂

幾分鐘後

「喔……真是了不起。」

看到在眼前上演的情景，讓坐難得地發出讚賞。

「仔細想想，眾多護衛裡從一開始就在警戒鄙人的，也只有她了。」

他眼中所見的，是一名女性與巨大怪物戰鬥的模樣。

按照坐的判斷，臼原的實力要比那名女性強悍。

實際上雖然她好幾次揮舞冰鑿，但臼原都只依靠本能就驚險閃過要害。然後即使命中要害以外的部位，也無法完全突破筋肉形成的障壁。

但是臼原並不冷靜，還是失去理智的狀態。

抓住這一點破綻，她不斷跳躍、跳躍、再跳躍——

有時把對手的身體當成踏台，有時把天花板當成地板一踢來加速，有如一流體操選手的動作，不斷翻弄那巨大的身軀。

這看起來，簡直就像是一名妖精把巨人的身體當成舞台不斷舞動——

明明是在互相廝殺，但這情景卻是如此純粹又美麗。

她的名字是黛彩葉。

雖然被培育成殺手，但在授予虛假的戶籍後，失去殺手天性的少女。

至少自己和其他人，都是如此認定。

只不過關於體術方面，別說完全沒有衰退——

還是個現在正要讓才能開花結果的天才。

看到那名女性酒保有如舞蹈般跟怪物交戰的模樣，臨也稍微有些感動地低聲說：

「劉生先生，到最後一刻，才又發現你在分配角色時出錯啦。」

「……」

劉生沒有回答。

他的眼裡，真的有看見眼前這一幕嗎？

或者是因為這幕異常的景象發生在眼前，讓他實際感受到「舞台」已經從自己手中滑落。所以看起來就像一具失魂落魄的空殼。

臨也思考著這些事，然後對目瞪口呆地看著女性跟怪物戰鬥的劉生，道出最後的挖苦之言：

「如果把那女孩當成主力殺手來培育，說不定就會大為改變今天的結果……還有你的命運。」

這時候，他聽見外頭傳來觀眾們的歡呼。

是棟象寒四郎創下偉大的紀錄了？還是攻勢被投手阻擋讓比賽結束？又或者是出乎預料之外的選手有出色的表現？

即使想到眾多可能性，臨也都沒有去確認結果。

因為對他而言，充滿於這個房間裡的人生，還有隨之而來的小插曲，以及在最後能看見值得給予喝采的天才，他就已經滿足了。

終章　封王優惠折扣

讓日本引發一陣騷動的電波干擾事件，結果還是在成為懸案後不了了之。

不過夏瓦集團內部似乎解決了一切問題，幾週後就突然進行組織內部改組。

這時瀧岡兄妹被解除球團經營的職務。由於董事的職位也完全被卸下，這讓一些好事之徒還有以「週刊Last Week」為首的八卦雜誌，開始流傳這跟電波干擾事件提到的「臨演」跟「燈光」是否有何關聯的傳聞。不過最後真相還是沒有公諸於世。

瀧岡珠江被調到海外，之後立刻行蹤不明。

雖然夏瓦集團內部也謠傳她說不定是被處理掉了，但由於有人目擊到她出現在跟調派地點不同的國家，所以完全變成是生死成謎的狀態。

不藤目前住院中，對外是宣稱「停電時從樓梯上摔倒」這種理由。

簡單的說，產生兩名死者的這個事件，完全被埋葬在黑暗之中。

不是球場的支配者瀧岡劉生，而是被夏瓦集團這個擁有更強大力量的組織所埋葬。

球團公司內部的經營層全數換新，全新的經營方針在不給棒球選手們帶來影響的情況下，帶領夏瓦毒蛇隊走上嶄新的道路。

然後，事件的相關人士裡，也有一個人開始邁向全新的人生道路。

♀♂

事件隔天　關東某處

「步美！你也真是的！又跟女孩子打架而且還受傷！」

「……」

面對在助手席大發雷霆的繼母，坐在後座的巨漢只能畏縮地縮起身體。

「這……不過，先出手的人是我……」

正在開車的人是黛彩葉。

結果之後暫時分不出勝負，但是祐希醒來後快步走進辦公室裡，看見眾多傷患後，就用令人難以置信的巨大音量喊著「喂——！步美！不可以打架！」讓臼原恢復理智。

「沒關係啦，再說一開始妳就是要阻止步美跟折原小弟大打出手對吧？那麼，彩葉妳就沒什麼好道歉的啦！」

「是這樣嗎？」

「是啊！所以不用擔心！直到找到下一份工作為止，我都會好好照顧妳！要叫我媽媽也沒問題喔！」

「喔、喔喔……」

被這名搞不好跟自己同年紀，甚至更小的女性氣勢所壓迫，彩葉想起來：「對了，我以前都沒有母親啊……」。

當氣氛轉為寂靜時，祐希就拿出地圖說：

「那在找到折原小弟之前，大家去兜個風吧！首先媽媽我想去池袋看看那個無頭騎士！還有越佐大橋的人工島！」

祐希興高采烈地翻開地圖說個不停。

結果，臨也趁著周圍一片混亂時，就從現場消失蹤影。

不過祐希說著既然遇過一次，以後就還會遇到的樂觀發言，大家再度開始旅行。

這時候，她把硬是辭去工作的黛彩葉一起帶走。

雖然契約只簽到找到正式工作為止，但現在祐希是把彩葉雇用為司機，並且付她打工薪水。

看到女性像這樣工作，讓臼原陷入自我厭惡。

自己沒工作只能靠繼母資助，同行的女性卻以司機身分在工作。

而且他也不知道彩葉強到連坐都予以肯定，於是更加厭惡自己不顧一切大吵大鬧甚至還對女性出手，也因此顯得垂頭喪氣。

「聽好囉，步美。如果你想成為強悍的人，就必須忍住自己那易怒衝動的性格才行喔？以前的偉人也說過吧？這就是所謂的心體技。」

「……」

雖然疑惑地覺得偉人是否真的講過這種話，但基本上繼母說的都沒錯，所以臼原的表情越來越黯淡。

但是繼母突然露出柔和的笑容，對沮喪的臼原說：

「……不過，昨天你是看到我受傷才生氣吧？」

「……？」

「這點我很感謝你！媽媽真的很高興！」

聽見這麼直接的道謝，讓臼原困擾地低下頭來。

跟往常一樣，眼前的繼母讓他有股神清氣爽的敗北感。

看到這個情形，彩葉在駕駛座開心地發出微笑。

因為她覺得，說不定可以趁這個機會體驗一下所謂「像是一家人的家人」。

得知跟自己戰鬥的巨漢就是祐希的兒子時，雖然嚇了一跳，但是想想自己跟養父也沒有血緣關係，於是也能接受了。

從瀧岡的「劇院」獲得解放後，有許多條道路出現在她眼前。

但彩葉下定決心，在決定踏上哪條道路之前，都要先跟這對母子一起走下去。

就這樣，各自往心體技三種不同方向發展的三人，他們的奇妙旅程將會繼續。

只要前方還有折原臨也的身影存在。

♀♂

幾週後　夏瓦球場

「你看你看！臨也哥！棟象選手正在練習耶！他在投球耶！」

「明明是很普通的事，但遙人卻講得好像很特別嘛。」

「因為他可是棟象選手耶！不管是吃飯還是看漫畫一定也很厲害！會爆炸的喔！」

「感謝你這麼強而有力的推測，遙人有時候會說出些很誇張的話啊。」

這是白天時的夏瓦球場。

現在選手們正在練習，練習的情況也公開給一般民眾參觀。

結果臨也只在意棟象選手有沒有創下紀錄，於是跑去調查事件當天的結果——但答案出乎他預料之外。

傳聞在那次電波干擾後傳開，不知不覺間變成「夏瓦球場被安裝炸彈」的這種謠傳。結果觀眾發生騷動使比賽中止，讓棟象選手在挑戰是否能單場連續四支全壘打的場面下，提前結束比賽。

「雖然沒有連續，但是一天能擊出六支全壘打也是很厲害的紀錄……」

雖然無法看見選手或觀眾們聽見比賽中止時的表情，讓他打從心底感到遺憾，臨也還是暫時忘記棒球過著平常的生活，直到今天遙人說「之前都沒怎麼看到比賽，好想再去球場喔！」，於是在他死纏爛打之下才又來看比賽。

聶可也說自由席坐起來很舒服，然後不知為何就跟來。她看見遙人跟一起來的緋鞠走遠後，才終於提起之前在這裡發生的事件。

「嘻嘻，不過說來冰浦副知事也蠻惡毒的。沒想到會扯上黃金與寶石走私。」

「還有『小道具』也是，要直說出來，就是也搞走私武器啊。」

夏瓦球場的祕密。

那是利用球場舉辦各種活動賽事時，會有大規模物品搬進搬出，藉此從事走私品與違禁品的仲介買賣。

「舞台美術」是金銀寶石類的走私品。「小道具」是槍械，「燈光」是藥物類——至於「臨演」就是跟非法組織聯手進行的人口販賣。

瀧岡從建造球場前就有在做類似的勾當，利用這些利益以及使用者的人脈，他才能在財經界嶄露頭角。

「不過做出這些事還暗中殺害好幾個人的惡棍，結果還是逍遙法外沒被逮捕。這社會真恐怖。」

「雖然是這麼說沒錯，但我跟聶可應該沒資格講這種話喔？」

「是這樣沒錯啦，嘻嘻。」

發出扭曲的笑聲後，聶可似乎還是有些疑問，於是半自言自語地低聲說道：

「結果瀧岡被開除球團社長職務後怎麼樣了？之後來調查看看好了。」

結果卻立刻有了答案。

「他現在被送到在夏瓦集團裡頭，也算是很特殊的地方。」

這不是臨也，而是坐在旁邊自由席的男性所說的。

「不過，應該無法再站上財經界的舞台，也沒辦法在黑社會裡嶄露頭角了吧。說不定哪一天會被怨恨他的人刺殺。」

「哇啊！大叔，你是誰啊？」

聶可轉頭一看，有名穿著頗為講究的中年男性坐在那邊。

年紀大概接近四十歲吧。

雖然感覺還很年輕，但也散發出充滿威嚴的氣氛，是一名奇異的男性。

那名男性緩緩站起，然後向坐在旁邊輪椅區的折原臨也要求握手。

「幸會，折原臨也先生。」

「我是夏瓦白夜丸，請多指教。」

♀♂

某離島

「劇院……這裡是我的『劇院』……呵呵，呵呵呵……」

瀧岡劉生發出崩潰般的笑聲，一整天都像這樣自言自語。

周圍雖然有人在，但卻沒有人進入他的「劇院」裡。

其他人都只是聽見了聲音才會湊過來，島上的居民，偶爾也會討論起關於這名男子的事情。

「喂，那位大哥都在碎碎唸些什麼啊？」

「嗯，那個人總是這副德行，所以別太在意。」

「可是竟然在這種沒有半個小孩的島上開玩具店。」

「為什麼不會倒店？明明沒有客人上門。」

「那個當店長的大哥，想必是在本土做了什麼很糟糕的事，才被外派到這裡來的吧。」

在只有便利商店三分之一大小的店鋪裡，店長不停對迷路跑進來的貓咪說些「我來安排屬於你的角色吧」這些話。

店鋪招牌上寫著「夏瓦玩具店」這幾個字。

這裡沒有背叛和陰謀，只有國王會沉浸在漫長的妄想之中。

對現在的他而言，說不定這裡才是所謂完美的劇院。

♀♂

夏瓦球場

「你還真是個不得了的惡棍啊。」

坐在給陪同者用的折疊椅上，夏瓦集團的統帥對臨也露出無畏的笑容。

「在瀧岡以完美的『劇院』為目標，打算支配這一切時，你卻把事件本身拉到劇院外頭。也就是說，就連劇院也被降格成不過是其中一項舞台裝置罷了。」

「這個嘛，我不太懂你在說什麼耶。」

「炸彈客跟毒藥專家，我覺得人脈夠廣是件好事喔？」

「……」

臨也沒回答這句話，而是回應了一句挖苦之言：

「要說惡棍，我想應該是你才對喔？結果你就這樣把瀧岡留下的走私系統，完整無缺地納入手中。明明就私下拿來當成彈劾瀧岡的材料。」

「我的信念是方便的東西就要拿來用，即使是來路不明的情報商人或搬運工也一

樣。」

白夜丸呵呵笑著，這時臨也向他提出一個質問：

「……『燈光』跟『臨演』還會繼續販賣嗎？」

「不會喔？再怎麼說，我也想做些能向子女自豪的生意。」

「走私金銀跟私售武器算是值得自豪嗎？」

面對臨也的挖苦，白夜丸聳聳肩回答：

「那很帥氣吧？你不這麼覺得嗎？」

「……結果你到底是來幹嘛的？大名鼎鼎的夏瓦集團統帥，竟然跑來這種地方。」

臨也覺得如果被對方牽著鼻子走就輸了，於是平淡地詢問。

結果白夜丸以毫不在意的態度回答：

「表面上是來突擊視察這個球場啦。不過聽說你在這邊，就想親眼看看把瀧岡玩弄於股掌之間的男人長什麼樣子。視情況也有打算要拉你進入集團，所以我調查了許多關於你還有『Candiru』的事。」

「喔？所以我有獲得你的賞識嗎？」

「現在應該還不需要吧。」

「這還真嚴苛。」

由於是預料之中的回答，臨也反而鬆口氣並聳聳肩。

對於他這種態度，白夜丸開始平淡地描述起「折原臨也」。

「你沒辦法衷心地稱讚自己。就算有希望獲得肯定的欲求，也從來無法得到滿足。因為與其他人相比，你自己就是最不想肯定折原臨也的人。」

「……」

「所以比起稱讚自己，你選擇讚揚他人。比任何人都更努力讚揚。」

「你是來做心理治療的嗎？」

臨也雖然訝異地說著，但夏瓦說聲「正是如此」後，繼續說下去：

「你真正想要的並不是對自己的讚賞。應該是希望有個能跟自己一樣以相同觀點，並且同樣能對他人的榮耀給予喝采的同類吧。」

話說到這邊暫時中斷，他嘆口大氣之後笑了出來。

「不過，那種人應該不存在吧。」

「……你是為了挖苦別人，才特地跑來這邊嗎？」

「不過只是挖苦，就讓我說兩句嘛。畢竟包括股價下滑在內，都是因為你才讓夏瓦集團背負了巨額損失。」

「把瀧岡兄妹趕出去這件事，我想幾年後應該會讓貴公司獲得龐大利益吧？」

「正是因為如此，我才沒向你求償。要好好感謝喔，這算你欠我一個人情，總有一天會請你償還的。」

夏瓦統帥呵呵笑著並站起來，然後開始自己收起椅子。

臨也向他的背影言不由衷地說：

「那麼下次見吧，夏瓦白夜丸先生。」

「跟我比起來，你先去跟池袋的老朋友們打聲招呼如何？我想你也差不多該跟許久不見的無照醫生，跟他的女友打聲招呼吧。」

「我會妥善處理的，如果我有空。」

當暴風雨離去後，臨也把身體靠在輪椅上自言自語：

「真是的，他到底是誇大其詞還是真的難以應付……？為什麼我周圍老是聚集一些那麼難搞的人啊。」

夏瓦所說的這些話，不用特地聽別人講，他自己也很清楚。

而臨也覺得這樣也不錯。

在他身邊，還沒有任何人能一起發出喝采的吶喊。

他自己也很清楚，這就是折原臨也的生存方式。

臨也從來沒有想過，自己去配合別人發出喝采。

「臨也哥！快點快點！棟象選手要做揮棒練習了！我們靠近一點去看吧，那邊有個能讓輪椅進去的空間喔！臨也哥！」

「……真拿你沒辦法，那可以幫我推一下輪椅嗎？」

「好——！」

至少目前還沒有。

完

主演
折原臨也

坐傳助
聶可

遙人
緋鞠

瀧岡劉生
瀧岡珠江

冰浦亂藏

不藤道秋

黛彩葉

臼原步美
臼原祐希

夏瓦白夜丸

棟象寒四郎

後記

初次見面的讀者幸會了，好久不見的各位好久不見。我是成田良悟。

非常感謝各位閱讀本書，也就是《折原臨也系列》第二作。

咦？這次是第一次讀！那可不行，不過還是非常感謝各位！如果能先再從《無頭騎士異聞錄DuRaRaRa!!》系列還有前作《與折原臨也共度黃昏》開始讀起，我將會甚感榮幸……！

所以身為《DuRaRaRa!!》系列外傳作品的這個折原臨也系列，也因為上一集獲得好評而能推出第二集。能夠順利系列化，都是多虧各位肯支持前作的緣故，真的非常感謝大家！

這次是以「溫暖人心的日常喜劇」為主題。折原臨也平常都在做什麼？為了撰寫這些內容，於是在此集中描寫了他到棒球場看比賽的情況。

前作《共度黃昏》裡頭，臨也為了工作而讓一個城市陷入混亂。但這次是難得的休假，所以我想應該會變成他被捲入殺人事件裡頭這種王道的日常故事了吧……你說溫暖人心的日常喜劇不會發生殺人事件？這種想法已經變成場外全壘打飛出去啦。

臨也還是老樣子，自己沒有成長，同時也斷送他人的成長。不過這次臼原祐希與黛彩葉這兩位下一集以後的關鍵角色登場，她們那充滿謎團的過去說不定會在下一集之後詳細描寫。不過如果臨也沒有興趣，說不定就不會寫。

畢竟這個系列的主題，是要描寫臨也跑出池袋後，他那有趣又讓人痛恨的生活，所以基本上是毫無計畫。今後也會撰寫單冊完結的故事，讓臨也那些還只有名字出現的夥伴們登場。

另外夏瓦球場並沒有特定參考對象。各位只要能理解，這是從各種球場設施裡隨便挑選一些出來，然後藉此創造出完全架空的超誇張體育場就好了。

接下來，讀完《DuRaRaRa!!SH》第四集的讀者，對於最後登場的那名角色，說不定會因為給人的感覺差異太大而喊著「你、你是誰啊！」並陷入混亂。不過沒問題，他只是在外頭跟在家人面前，會展現出不同的態度而已。就是跟午間的老爹（註：意指知名電視節目《超級奶爸奮鬥記》）有點不一樣的那種感覺，至於哪邊才是真正的他，就請各位把自己喜歡的那邊當成原本的面貌吧……！

那麼，有看見陳列電擊文庫書籍的書架的讀者，說不定已經發現了。這個月還有推出另外一本書名裡有《DuRaRaRa!!》的書籍。

沒錯，是由木崎ちあき老師撰寫的《DuRaRaRa!! ×博多豚骨拉麵》！

雖然是MEDIA WORK文庫的超人氣系列作品《博多豚骨拉麵》，但裡頭的登場人物，也就是以博多為據點的那些爽朗殺手、代理復仇者還有拷問師這些人將來到池袋的故事……將由木崎老師那輕妙又美麗的文筆來撰寫！

這是將《DuRaRaRa!! ×4》背後發生的事件，以《博多豚骨拉麵》角色們的觀點所描寫的故事。這是跟帝人和靜雄，還有您現在閱讀的這本書的主角折原臨也有所關聯的合作企畫故事。木崎老師，真的非常感謝您！

……沒錯，我也不能認輸。

就是這樣，明年就反過來換我寫了！

舞台是幾年後，《DuRaRaRa!!SH》的時代……

塞爾堤跟新羅因為工作前往九州，三頭池他們為了修學旅行前往九州。廂型車組為了動畫舉行的活動前往博多，靜雄與湯姆為了催收借款前往博多……塞爾堤他們被捲入發生在此地的事件後，將與《博多豚骨拉麵》的角色們相遇。目前已經決定由我來撰寫這樣的故事！

哇喔——！順帶一提，這是我在寫後面那篇附錄時責編打電話過來決定的，木崎老師還不知道喔——！（這讓我提心吊膽地想說，萬一被拒絕該怎麼辦。）

不過如果不行，也只是沒有合作企畫，就單純改寫一篇讓塞爾提他們在九州漫遊的旅行故事，但還是敬請大家期待。《博多豚骨拉麵》是部由性格鮮明的角色們演出的殺伐又溫暖人心的群像劇，喜歡《DuRaRaRa!!》的讀者，請務必閱讀該系列作品來預習一下！

最後在此致謝。

陪伴我度過這段比上次更緊迫萬分的地獄進度，責任編輯和田先生、AMW、印刷廠還有擔任校對的各位，真的非常抱歉……！

為衍生原作《無頭騎士異聞錄DuRaRaRa!!》繪製漫畫版的あおぎり老師，還有創作出動畫、遊戲以及各個跨媒體作品的各位。

總是讓我獲得許多照顧的家人、朋友、作家還有各位插畫家們。

在已經不是開玩笑的緊密行程中，還是為臨也這些眾多角色們畫出美麗插畫的ヤスダスズヒト老師。

最重要的，就是從上一集開始就把這本《DuRaRaRa!!》外傳拿起來，然後連這篇後記都看完的各位讀者。

真的非常感謝大家！今後也請多指教！

「一口氣看完《監死カメラ》系列」

2016年9月　成田良悟

從下一頁開始，是給閱讀過《DuRaRaRa!!×博多豚骨拉麵》的讀者一點驚喜的「額外章節」。跟本書一起閱讀後如果能給各位帶來新樂趣，我將甚感榮幸！

與折原臨也一同喝采

軼事　日本大賽

事件隔天　博多某處

本州發生誇張的電波干擾事件後隔天。

博多的某座球場上，彷彿像是說那種事件畢竟事不關己，依舊能看見許多人在進行業餘棒球的比賽。

看來似乎是一場比賽結束後正在整理場地，一名手腳修長頭髮蓬鬆散亂的男子，正在跟另一名穿著相同球衣，手裡拿著整地用木耙的金髮男性講話。

「哎呀，單純就是腕力強悍這點真令人羨慕。不過，你雖然很有打棒球的天份，但真的一點都不適合穿球衣耶。直接穿酒保服會不會比較好？」

「是嗎？」

接下來，一名男大姊語調的男性，用食指抵著臉頰觀察金髮男性全身。

「嗯——說得也是。雖然很想幫你搭配一下穿著，但很不可思議的，你看起來就是真的最適合穿酒保服啊。」

「這樣啊……？謝啦。」

平常總是穿著酒保服這點不知為何被稱讚，那名男性雖然稍微有些高興，但還是以單手舉著裡頭灌有水泥的整地用壓路滾輪，並疑惑地偏過頭。

「……那是可以用單手舉起來的東西嗎……？」

一名外表看起來像老實上班族的年輕人，冒著冷汗看著那名男性把似乎超過三百公斤的滾輪扛在肩上。

正當球場上在暢談這些話題時，剪了一頭漂亮蘑菇頭髮型的青年拿起手機接聽。

從話筒裡傳出的聲音——

就是大約二十小時前，才跨越生死關頭的某位情報商人。

『嗨，黑腳滑子同學。昨天真是多謝你的關照。』

「那是什麼稱呼法啦。不過，我也沒想到你會突然委託我來搞電波干擾。雖然弄不太清楚這樣有什麼意義，但你能滿足是再好不過了。不過話說回來，原來聶可還活著啊。」

『說謊可不太好喔。那樣到底有什麼意義，你早就心裡有底了吧？』

「想要聽真話就付錢啊。而且，不是我支持球隊的比賽都無所謂啦。如果昨天毒蛇隊的對手是鷹隊，那說不定就會有些關係了。」

『你是鷹迷？』

「這個嘛，你說呢？」

『……對了，你知道冰浦亂藏嗎？雖然你好像很清楚，也說不定不想知道，他是屬於跟松田和夫敵對派系的人，但如果方便可以把那個人的把柄——』

當情報商人講到一半時，蘑菇頭的男子像是要打斷他般提起完全不同的話題。

「現在我這邊有個從池袋來的幫手。」

『……池袋？』

「因為有個傢伙欠下五百萬的債款不還，於是他們跑來討債。然後這個工作結束後，就請他們加入我們的球隊當幫手。」

『對啊……記得那個業餘棒球隊，是叫博多豚骨拉麵吧？』

這時，從遠方可以聽見金髮男性的怒吼聲。

似乎是輸掉的對手隊伍為了洩憤，於是罵了什麼難聽的話。

看到隊友忙著阻止把輕型汽車舉起來的金髮男性，青年把手機移過去像是要讓對方聽聽金髮男性的怒吼。

「那是你認識的人吧？要拿給他聽嗎？」

可是——

「……掛斷啦。看來是真的很討厭他啊。」

青年有一瞬間露出「果然如此」的表情之後，就坐在長凳上觀看騷動的發展。

就這樣，情報商人小小的交流到此暫告一段落。

不過只要他繼續發送情報，擴散出去的波紋總有一天會再度交會。

逃出城市的人，最後終究會在別的城市重逢。

待續？

Kadokawa Light Novels

Kadokawa Light Novels

BACCANO！ 大騷動！ 1~18 待續

Kadokawa Fantastic Novels

作者：成田良悟　插畫：エナミカツミ

修伊．拉弗雷特逃獄，紐約就此陷入混亂！
1930年代最後的大騷動揭幕——！

事情的開端是拉德．盧梭自監獄刑滿出獄。他帶著葛拉罕、露雅和某個男人前往費洛的賭場問候。賈格西等飛翔禁酒坊號及其他事件的關係人們也各自為了不同的理由前往同一間賭場……而置身這場大騷動中心的男人究竟是誰——

各 **NT$180~260/HK$50~75**

台灣角川